올곧은 노병의
이솝이야기

올곧은 노병의 이솝이야기

2024년 3월 22일 제 1판 인쇄 발행

지 은 이 ㅣ 양창선
펴 낸 이 ㅣ 박종래
펴 낸 곳 ㅣ 도서출판 명성서림

등록번호 ㅣ 301-2014-013
주   소 ㅣ 04625 서울시 중구 필동로 6(2층·3층)
대표전화 ㅣ 02)2277-2800
팩   스 ㅣ 02)2277-8945
이 메 일 ㅣ ms8944@chol.com

값 15,000원
ISBN 979-11-93543-58-0

양창선 저

올곧은 노병의 이솝이야기

도서출판 명성서림

훈장보다 부하 사랑

양 창 선

장교 임관과 동시에 초급 장교로 베트남 전투에 참전 지원 전장에서는 훈장 대신 부하 사랑 신조로 근무했다.

그 대가로 한 사람도 손실 없이 부모님 품에 안겨 준 큰 보람은 얻었다.

그러나 험준한 정글 작전과 생명을 건 위험한 특공特功 구출 작전 소대장 등으로 임무를 수행했음에도 불구하고 훈장 하나 없이 귀국한 아쉬움이 항상 남아 있다.

나는 군 생활 21년 동안 수류탄 휴대 현지 탈영 사고, DMZ 근무자 자진 월북사고, 지휘관 명령 불복종, 사건 등 3건 모두 당연히 불명예 전역 조치를 받아야 할 만큼 큰 사고들이었다.

그러나 처벌받지 않았다.

그것은 초급 장교 시절 전쟁터에서는 부하의 목숨을 무엇보다 중시했다.

그리고 지휘관 시절엔 전투력 향상은 물론, 안전사고 예방에 중점을 두고 부대를 관리, 감독한 결과의 산물産物이라고 생각한다.

그 무엇보다도 내게 합당하게 주어진 급여 외에는 전연 관심을 두지 않았기에 이 모든 것을 용서받고 명예로운 퇴역退役을 할 수 있었다고 생각한다.

퇴역 후 제 2의 새로운 삶의 출발은 상상을 초월할 만큼 어려웠다.

반평생 이상을 네모난 사각 형태의 정돈된 규격 속에서 살다가, 육각형 사회에 들어가려 하니 어느 모서리를 잡아야 잡힐지 답을 가르쳐 주는 사람은 한 사람도 없었다.

황망한 마음 상태로 놓여 있는데, 군 재직 시 같이 근무했던 여직원 추천으로 국방부 전력기획부 연구관으로 선발돼 1년 계약직 근무를 하게 됐다. 뒤이어 국가 비상기획관으로 선발돼 방산 업체인 대원강업에서 비상기획관 및 감사부장으로 8년, 생소한 고려교통 택시 회사 부장으로 입사 전무로 승진 퇴임하기까지 무려 21년을 근무, 총 31년간을 근무했다.

퇴임 후 정말 어렵사리 그들 속에 들어가 그들과의 호흡을 맞추는 것을 배우는 데에는 더없이 어렵고 긴 시간이 필요했다. 하지만 자존심 버리고 바보스레 살면서 인내와 지난날의 긍지로 이겨 내 나름대로 성공했다고 자부하고 있다.

이 글은 내가 겪어 온, 군 생활 기억 속에 새겨진 일들에서, 반세기(60년대) 전 어머님이 손수 짜 만들어 입혀 주시던 무명 바지를 군복으로 바꿔 입고 꽁보리밥에 된장국으로 시작했던 그 시대의 군 생활과, 청바지를 갈아입고 버터 바른 빵으로 시작한 식생활에, 침대 생활에, 월등히 달라진 월급에, 핸드폰 활용까지, 허용된 현 병영 생활은 예전에 비해 상상할 수 없는 큰 혜택으로 시작한 지금(2000년대) 현재, 근무 중인 병사들에게뿐만 아니라, 군 입대를 앞둔 당사자들과 그 부모님들 현재 복무服務 중인 지휘자 및 관리관들에게 과거 힘들고 어려웠던 군 생활과, 현재를 비교하여 참고가 되었으면 하는 생각이다.

끝으로 전역 후 새 출발의 어려움을 일러줌으로써 후일 조금이나마 도움이 되었으면 하는 바람에서 군 근무 중 겪어 온 사건들과 경험, 그리고 제2 인생의 시작과 적응에 어려움을 일깨워 주고 싶어 겪어 온 경험 일자 순위로 가감加減 없이 적었다.

올곧은
노병의
이솝이야기

인생은 성실로,
좋은 인생을 만들어 가는 것이다

조 영 갑 교수

인생은 흘러가는 것이 아니라 성실로 이루어, 좋은 인생을 만들어 가는 것이다. 양창선 작가는 성실로 좋은 인생을 위해 직업 군인을 지내고, 전역 후에는 국방부 연구관, 방산 업체의 비상기획관 및 일반 회사의 전무로 근무하였다. 지금은 한국문단의 수필가로 등단하여 활발한 문인 생활로 명품인생의 길을 걷고 계신다.

직업 군인으로서 삶이다.

군인으로 전후방 각지에서 지휘관 및 참모 역할을 수행하면서, 크게 보람찬 일들도 많이 있었다. 그렇지만 수류탄 휴대 탈영 사고, DMZ 월북 사고, 베트남 전쟁 참전 사연 등은 초급 장교 혹은 고급 간부로서 많은 어려움과 절망적인 위기의 순간들이기도 했다.

모든 생명체는 위기에 처했을 때 자신을 위한 보호 본능을 가지고 산다. 그러나 양창선 장교는 평시에 개인주의적이고 이기적인 사심을 넘어 오직 국방책임자로서 충성심·사명감·성실성 및 청렴성이 투철했기에 상급 지휘관 및 동료 참모들로부터 인정을 받아 정년까지 명예스럽게 퇴역하였다. 그것은 생과 사가 뚜렷한 전선에서 훈장이나 재물을 탐하지 않고, 오직 국가 없이는 나와 가족이나 국민이 마음 놓고 살 수 없다는 최고의 가치 덕목과 투철한 사명감에 충실했기 때문이었다.

민간 직업인으로서 삶이다.

직업 군인에서 은퇴한 후에는 개인의 능력과 성실함이 인정되어 다시 국방부 전력기획연구관, 방산 업체의 비상기획관, 민간 회사에 입사하여 전무로 승진해 활동하다가 퇴임을 한 것이다. 그동안 전문 직업 군인으로 국가 안보란 조직 문화에 익숙한 삶에서 민간 사회의 이익 중심 문화에서 온 갈등으로 많은 어려움도 있었을 것이다.

즉 개인의 행복과 자유도 소중하지만, 그것들을 보장해 주는 국가 안보 없이는 무의미하다는 가치와의 충돌을 조화롭게 융합하고 좋은 인간관계로 힘든 사건들을 처리하면서, 다시 민간 조직에 필요한 존재로서 멋진 삶을 사신 것이다.

이 같은 명예스러운 삶을 사는 데 도움을 준 사람들에게 감사함을 잊지 않고 있다. 또한 "아무리 힘들고 어려워도 내색하지 않고 늘 묵묵히 자리를 지켜 준 아내가 고맙다."라는 한마디 말에는 '감사한 마음'과 '그리움'의 서정성을 가득 담고 있다.

문학인으로서 삶이다.

짙게 깔린 황혼길은 사회적인 고립감과 심리적인 외로움으로 가득한 시기이다. 양창선 작가는 그 텅 빈 공간을 아름답게 채우기 위해 한국문단에 수필가로 등단하고, 서울 강동에세이클럽 회장을 맡아 열심히 활동하고 있다. 그동안 등에 무거운 짐을 짊어지고 먼 길을 가는 삶의 흔적을 수필 문학에 담아 영원히 남기는 것이다.

인생은 짧고 곧 지나가지만, 작가의 삶과 인생을 담은 자서전은 영원할 것이기 때문이다. 여기에서 특히 잊을 수 없는 글은 〈실타래 여인〉이란 수필 작품이다. 베트남 전쟁에 참전하기 위해 가는 서울 청량리역 환송장에서 스쳐 간 어느 여인이 준 실타래는 전장에서 생명의 연장이란 상징적 이야기 〈실타래 여인〉은 참으로 좋은 작품이다. 양창선 작가는 낭만이 있는 명품 인생의 삶을 살고 계신 것이다.

양창선 작가의 자서전은 어렵고 험한 인생길에서 삶의 고비 고비마다 기쁨과 아픔이 쌓인 흔적을 잘 구성하였다. 그 흔적이 준 삶의 가치와 의미는 오래된 사람들이나 젊은 사람들에게 인생길을 어떻게 넓고 길게 보고 걸어야 할 것인가를 사실적 교훈으로 전해 주고 있다. 그것은 얼마나 오래 사느냐도 중요하지만, 어떻게 사느냐가 더욱 중요하기 때문이다.

〈올곧은 노병의 이솝이야기〉란 자서전은 독자들에게 인생은 어떤 목적을 갖고 어떻게 가치 있는 삶을 만들어 살 것인가를 알려 준 좋은 지침서가 될 것이다. 앞으로 큰 수필가의 좋은 수필로 향기 나는 삶이 가득하시길 기원드린다.

- 대학교수·수필가·시인·평론가
- 국방대학교 교수
- 미국 캘리포니아 주립대학교 교환교수
- 연세대학교미래교육원 문예창작 지도교수
- 정책학 박사 / 육군 대령
- 국방부장관 정책자문위원 / 통일부 통일교육위원
- 대한민국 보국훈장/대통령 표창 수상
- 학술저서: 국가안보론 / 국가위기관리론 / 전쟁사 / 민군관계론
  현대무기체계론/국방심리전략과 리더십 외 다수
- 문학저서: 사랑의 덫에 걸린 행복(시집) / 행복한 수필교재
- 삶의향기 / 사랑이흐르는삶 / 연세문학의 비상(수필집)외 다수
- TV·라디오 방송의 국방정책토론 및 진행담당
- 국군라디오방송 〈군사세계 조영갑입니다〉 진행자

1부

군인으로 시작한 삶

군인으로 시작한 삶

늦깎이로 초등학교를 입학, 고등학교 졸업 후 자력으로 대학 진학에 마음을 걸어놓고 허둥대다 보니 24세를 넘어 군에 입대할 적령기를 맞이했다.

기왕 국민의 3대 의무 중 병영 의무를 할 바에야 군 간부로 입영, 군을 깊게 경험하는 것도 분단국가에 살고 있는 한 사람으로서 필요하겠다는 생각에, 시험에 응시 선택 받아 들여놓은 발이, 비틀거리면서도 내 젊은 청춘을 다 바치는 길이 되었다.

훈련소 신병으로 입소, 군 기본 훈련과 간부 이론 교육을 끝으로 체력 단련의 마지막 단계로 영하의 1월 강추위 속에 지리산 최상봉 노고단 정상에서 1박 2일 혹한기 적응 훈련을 시작했다. 연이어 화순 적벽 강변 정상에서 영하의 날씨에 외줄 타고 물속으로 떨어지는 담력 강화 훈련 등은 정말 견디기 힘들었다.

1년간에 걸친 상무대 교육을 마치고, 그해 1966년 4월 23일 육군 보병 장교 소위로 임관하여 군인으로서 첫길을 걷기 시작했다.

첫걸음은 최전방 사단 DMZ 지역 월책 방지 공사 담당 소대장으로 시작하여 베트남 전쟁 참가를 비롯하여, 국내 험한 지역 대간첩 작전, 해안 간첩 침투 방어 중대장과 최전방 철책 담당(DMZ) 지휘관 등을 거쳐 군 생활 근 21여 년을 끝으로 명예로운 계급 정년으로 퇴역을 했다.

이는 오로지 초급 장교 시절 전장에서는 훈장보다 부하 생명을 무엇보다도 중시한 전투 작전 임무를 수행했다.

그리고 지휘관 재직 시에는 부대원들의 안전 관리에 중점을 두고 지휘 관리한 결과라 생각하고 있다. 그뿐만 아니라 그 어떤 경우를 불문하고 공적으로 주어진 금품 외에는 개인 욕심과 사심을 버리고 오직 나에게 주어진 임무 수행에만 최선의 노력과 책임을 다한 결과였다고 자부하고 싶다.

첫 부임지로 가는 길

최전방 동부전선 2사단으로 전속 명령를 받고 원주 1보충대에서 강원도 인제 원통리 사단 보충대로 가는 길은 멀고 험한 비포장도로였다. 호로(천)로 덮어씌운 군 트럭으로 무려 5시간여에 걸쳐 도착하여 차에서 내릴 때 보니 먼지를 푹 뒤집어쓴 얼굴은 오직 하얀 치아만 보일 뿐이었다.

저녁 숙소라고 안내 받은 보충대 숙소에는 야전 침대에 모포 2장뿐이었 지만 일반 숙박 시설을 찾기 위해 멀리 떨어져 있는 양구면 소재지까지 갈 수도 없어 새우잠으로 하룻밤을 보냈다.

군 생활이 시작되는 첫날의 실상은 정말 실망스러웠다. 임관 후 첫 부임지이니 조금만 신경 써 숙소를 마련해 줄 수는 없었을까, 아니면 모포 2장밖에 지급해 줄 수밖에 없는 열악한 보급 수준일까, 정말 혼동스러웠다.

다음 날 아침, 연대 인사과에서 소개한 중대 선임 하사를 따라 산 고갯길을 얼마만큼 걸어가니 시골 초가집처럼 볏집으로 덮인 초라하기 짝이 없는 집들이 보였다. 형님처럼 나이가 들어 보인 선임 하사가 아무 말 없이 그곳을 향해 걸어가다가 보초병이 보이자 "다 왔습니다. 여기가 소대장님이 근무하실 12중대 막사입니다. 중대장님께 신고하셔야 합니다." 라고 처음으로 깍듯이 존칭어를 쓰면서 중대장실로 안내하여 들어가니 어두컴컴한 방에 널판자로 만들어진 책상 앞에 대위 계급장만 선명한 모자를 쓰고 대기하고 서 계셨다.

"신고합니다."라고 경례를 하자 덥석 손를 잡으면서 "신고는 무슨 신고, 자 앉아 여기까지 오느라 고생 많았지? 그래 이제부터 나와 같이 근무 하자고"라며 말씀하신 첫 중대장님의 부드러운 최초 대화는 상급자로서 준 첫인상이 내가 군 생활하는 동안 부하를 대하는 태도로 배웠고, 그때 불안하고 초조했던 내 마음을 안정시켜 주셨던 중대장님을 항상 마음에 두고 처음 새로 전입해 온 병사들 관리에 참고로 삼아 왔다.

소대장 첫 근무처의 실상

중대장실은 송판때기를 대충 잘라서 만든 의자에 책상도 적당히 만들어진 것이고, 서류함도 궤짝들이고, 내부는 움막처럼 어두컴컴하고 비좁았다.

한심하다기보다는 '정말 이럴 수가' 하는 생각이 들었다. 물론 임관 전, 전방부대 환경에 대해 교육을 받았고 우리가 가서 발전시키고 개선해야 한다고 들었다. 따라서 열악한 환경임을 익히 알고 왔기에 이해는 되지만 너무나 큰 차이에 약간은 당황스럽기까지 했다.

그런저런 생각에 잠겨 있는 가운데 중대장님이 중대 전반에 관한 사항을 간단히 설명해 주셨다. 양 소위는 오늘부터 화기 소대장을 맡아서 근무하라고 말씀하시고 난 후 인사계 안내를 받아 보라고 하면서 나가셨다.

인사계는 우선 중대 주변 한 번 돌아보고 화기 소대로 가자고 했다.

중대 주변을 둘러보았다. 이곳저곳 빨랫줄이 널려 있고 조그마한 연병장은 깨끗하게 잘 정리되어 있었다.

화기 소대로 들어가니 소대원들이 내무반 양편에 줄지어 기다리고 서 있다가 큰 소리로 돌격 내무반이 떠나가라 큰 소리로 인사했다.

우렁차고 씩씩한 병사들이란 생각이 들었다. 나는 선 채로 소개했다. "반갑다 함께 근무할 양 소위다, 여러분을 대하니 힘이 솟는다. 우리 함께 열심히 하자." 짤막하게 인사하고 내무반 구석에 있는 소대장실로 들어갔다.

그곳에는 야전 침대 하나와 송판때기로 만든 조그마한 탁자에 의자 1개가 전부였다.

이곳에서 숙식을 하든가 약간 떨어진 곳에 장교 BOQ에서 생활해도 되는데 현재는 빈자리가 없어 당분간 이곳에서 생활해야 한다고 했다. 내무반 생활도 파악해야 하고 오히려 잘됐다고 생각했다. 내무반이나 소대장실은 속된 말로 돼지우리와 다를 바가 없었다.

토막사 내 중간 땅바닥을 1미터 정도 깊이 파서 통로를 만들고 통로 양편 땅바닥에는 싸리나무를 베어다 말려서 깔아 두었다.

그 위에 볏짚을 돗자리처럼 엮어서 간 다음 솜이 뭉쳐 울퉁불퉁한 솜 매트리스를 깔고 생활하고 있었다. 그래도 어느 누구 하나 불평 없이 당연한 것처럼 받아들이고 생활하는 병사들이 신기할 정도였다.

저녁 식사를 가져왔다. 넙죽한 판에 손잡이가 달린 소위 미식기 3개에 한 개엔 꽁보리밥, 한 개는 된장국, 그리고 한 개에는 김치와 콩나물 무침이 담긴 식판을 놓고 나갔다. 이런 식생활에 익숙해진 병사들은 당연하게 생각하겠지만, 보병학교 식단과는 너무나 차이가 커 적응하기에는 몹시 힘들겠다는 생각이 들었다.

소대원들의 신상 파악도 해야 하고 소대 물품 현황도 알아야 했기에 향도(내무반 내에서 최고참병)에게 물었다.

"소대 물품 보급 상태는 어떠한가."

"기지게(소대 물품 관리자)가 다 하고 있습니다. 저는 잘 모릅니다"

"그래 기지게 보고 장부 가져와 보라고 해."

기지게가 와서 "장부는 없습니다. 제 머릿속에 다 있습니다. 장부는 중대 인사계님이 가지고 계십니다"

"소대 총이 몇 자루고 작업복이 몇 벌이고는 사람 수만큼 있습니다. 현재 사람 수만큼 생각하시면 됩니다"

참 편한 재산 관리이고 현명한 방식이기도 했다.

소대 장부가 없고 인사계가 통합 관리한 이유는 초등학교를 졸업한 병사도 몇 명 되지 않아 소대 기지게를 시킬 사람이 없다고 했다.

중대 전체에 중졸자가 없다. 중퇴면 최고고 중대 행정병을 구하려면 연대 인사과에 특별히 백을 써야 데려온다고 했다. 내가 임관한 60년대 때 병사들의 학력 구성은 그랬다. 지금 생각하면 먼 원시 시대와 비교되는 느낌이었다.

그래도 그때 병사들은 정말 씩씩하고 근면하고 복종심이 강한 강군이었 다. 모르면 몰라도 구타가 있을 수 없었다.

신병이 고참을 하늘같이 떠받들고 말이 떨어지기 무섭게 몸을 날려 시 행하는데 구타할 필요가 없었을 것이다. 요즘 병사들은 많이 배웠다고, 내가 너보다 똑똑하다고, 군에 들어오기 전에는 너 같은 인간은 상대하지도 않았다고, 일을 시키면 너나 해 하는 식으로 눈 아래로 깔고 쳐다보니 주먹이 날라갈 수밖에....

군에 들어오기 전에는 아무리 똑똑하고 좋은 대학을 나왔다 해도, 일단 군 입대 훈련소에서 푸른 군복으로 갈아입은 순간 학벌 사회적 서열은 푸른 군복 속에 묻어 버리게 된다.

이 순간부터 서열은 입대 순, 계급 순이다. 상급자가 시키면 이유를 묻거나 좋고 나쁜 걸 따지면 돌아오는 건 무조건 따귀다. 즉시 시행해야 한다. 이건 곧 전장에서 명령에 복종, 죽음을 각오하고 전진해야 하는 군인에 사명을 기르는 평소 무언의 가르침으로 받아들여야 한다.

이런 깊은 참뜻을 알지 못한 신병이 고참병에게 시건방을 떠니 구타가 발생하고 내무반 생활이 불안하고 어렵게 만들어져 왔다.

이러한 군기 확립의 명분으로 병사들 간 지나친 간섭이 하극상으로 나타나거나 예측하지 못한 사고를 유발시키는 등 군 생활의 기본을 해치게 돼, 더 이상 방관할 수 없는 사항에 직면하게 된 것을 부인할 수 없게 되었다.

이를 더 이상 묵인할 수 없어 병사들 간 지나친 간섭이나 사적인 지시 사항은 하지 못하도록 내무 생활 규정을 마련하는 등 관심을 갖고 관리하여 점차 개선되었다. 하지만 수년간 이어져 온 무언의 관습을 바로잡기가 쉽지 않은 것은 사실이다. 그러나 근래에 폭행은 거의 사라졌고, 사병들의 자유로운 표현과 상하 관계도 느슨해져 내무 생활이 정상화 되었다고는 할 수 있으나, 이에 따른 군 기강 해이의 우려는 걱정된 바 이를 보안해야 하는 방안을 항상 염두에 두고 대책을 강구해 나가야 할 것이다.

병사들의 수준

土막사 뒤편 양지바른 곳에 옹기종기 모여 앉아서 종이쪽지 같은 것을 돌려가며 보고 서로를 쳐다보면서 웃고 있는 모습이 궁금해서 물었다.

"그것이 뭐여? 나도 같이 보자."

망설이던 한 소대원이

"소대장님 집에서 온 편지를 받았는데 아무도 읽지 못해서요, 소대장님께서 좀 읽어 주십시오"

어설피 웃으면서 건네 준 편지를 받아 읽어 보았다.

누런 종이 위에 연필로 또박또박 눌러쓴 전체적인 편지 내용은 집 걱정하지 말고 몸조심하고 근무 잘하고 돌아오라는 시골집 어머님이 글을 쓸 줄 아는 옆집 아주머니께 부탁해서 써 보낸 편지라 생각됐다.

나는 이 편지를 읽어주면서 자식을 군에 보낸 부모님들의 마음을 헤아려 병사들이 무사히 부모님 품에 돌아갈 수 있도록 관리해야겠다는 다짐을 했다.

소대원들 중에 편지를 읽어 줄 소대원이 없다니 하는 생각에 중대 서무병에게 가서 물었다.

서무병 답변을 듣고 놀랐다. 중대원 전원 중 중졸자는 없고 중퇴자 한 명에 초등학교 졸업자 몇 사람 외에는 무학자라 했다. 60년대 우리나라 경제나 학력 수준은 그랬나 보다. 지금 수준과는 너무나 큰 차이였다. 글도 모르는 무학자들이 어쩜 이렇게 지시 사항대로 복종하고 모든 일을 잘할 수 있을까. 병사들의 학력 수준을 생각하지 말고 사람을 보고 지휘 관리해야겠다는 마음가짐을 갖게 했다.

첫 내 능력 시험 (越柵 방지 작업)

軍 생활 시작 첫 임무가 떨어졌다. 동해안 최전방 GOP 지역에 월책 방지용 목책 구축 작업이란다. 처음 들어본 생소한 작업 명칭으로 어떤 작업인지 현지에 가서 작업 지시를 받기 전에는 알 수가 없단다. 다만 장기간이 될 수도 있으니 관물을 최대한 지참하라는 출동 명령을 받고 나니 군인 본연의 임무가 시작된 것이라는 책임감을 느꼈다.

아침 일찍 출발, 오후 늦게 도착한 곳은 높은 산으로 둘러싸인 약간 평탄한 분지 계곡이었고, 숙영(잠자는 곳) 시설이 준비되어 있었다.

다음 날 아침 일찍 일어나 막사 앞 계곡물에서 청결히 세수하고 가장 높은 산봉우리를 향해 '산신령님 우매한 제가 귀중한 남의 자식들을 데리고 신령님 앞에 왔습니다.

'저는 산신령님께 의지하는 것 외에는 아무것도 할 수 없는 미약한 인간입니다.' 하고 두 손 모아 합장하고 돌아서서 내가 임관하고 어머님께 인사하러 갔을 때 몸조심하고 근무지에 도착하면 먹는 샘물 안에 넣으라고 손에 쥐여 준 장독대 밑 조약돌을 개울물에 던졌다.

그리고 신령님께 무탈하게 도움을 달라고 고개 숙여 합장했다. 순간 어머님의 말씀이 귓가에 맴돌면서 힘이 솟는 상쾌한 기분이 들었다.

아침 일찍 식사를 마치고 톱, 곡괭이, 삽 등 작업 도구를 수령하고 작업 내용에 대한 현장 교육을 받고 바로 작업에 들어갔다.

남방 한계선을 따라 폭 3미터 깊이 2.5미터의 터널처럼 골을 깊이 파고 그 위에 굳고 높게 자란 참나무를 베어다가 윗부분을 철끈으로 묶고 아래쪽을 엑스자로 벌려 골 양편 언덕에 고정시켜 세워 월북 월남을 예방하는 울타리 작업을 실시한 것이다.

땅을 파는 굴토 작업은 어렵지 않았으나 울타리용으로 쓸만한 높고 곧게 자란 나무를 구하기는 쉽지 않았고 큰 위험이 따랐다. 작업장 지역은 온통 지뢰밭이고, 더욱이 나무를 채취하는 지역은 더욱더 많은 지뢰가 눈에 보였다.

현장 작업 지휘관은 안전을 위한 지뢰 제거 작업은 관심도 없고 오직 작업 진도에만 관심을 갖고 독려했다.

나는 지뢰밭이 의심되는 곳은 절대 들어가지 말라고 반복 교육 후 작업장에 투입했으나 벌목한 나무를 끌고 돌아오기 전까지는 마음이 놓이지 않고 좌불안석이었다.

벌목을 하러 가는 동안에는 일부 병력을 데리고 터 파기 작업을 감독해야 했다. 이 작업 역시 눈을 뗄 수 없이 철저한 안전이 요구되는 작업이다. 키를 훨씬 넘겨 깊이 파야 하는 작업이다. 더욱이 엎드려 삽질하는 동안 파고들어 가는 옆벽이 순식간에 무너지면서 엎드려 작업하던 병사가 묻혀 압사한 일이 인접 소대에서 발생했기 때문이었다.

그래서 잠시라도 작업장에서 눈을 뗄 수 없고 만일 벽이 무너져 흙이 작업병을 덮쳤을 때 빨리 흙을 제거해주지 못하면 숨을 쉴 수 없어 바로 질식사할 수 있기 때문이다. 그뿐만 아니라, 작업 도중에 벽이 무너질 징후가 있는가를 살피고 징후가 보이면 즉시 작업을 중단하고, 병력을 골에서 나오도록 조치해야 하기 때문에 작업 시작부터 끝날 때까지 긴장의 연속이다.

이렇게 계속된 고된 작업에 비해 지급되는 급식은 꽁보리밥에 배추 된장국물에 단무지 두서너 쪽이 전부로 항상 배고픔을 참기 어려웠다. 그래서 작업장 주변에서 먹을만한 더덕, 칡, 취나물 등을 생으로 먹는 데도 어쩔 수 없이 보고만 있을 수밖에 없었다.

어느 날 저녁 반찬에 푸짐한 더덕구이가 놓였다. 나는 깜짝 놀라 당번을 불러 언제 어디서 채취한 것이냐고 물었다. 그러자 방책목을 베러 간 소대원들이 가져왔다고 해 당장 해당 분대장을 불렀다.

소대장실로 들어온 분대장은 맥주병만 한 큰 더덕을 들고 들어왔다. 더덕을 캐기 위해 땅을 파다가 지뢰를 건드릴 수 있으니 절대 더덕을 캐지 말라고 침이 마르도록 반복 교육했다. 그러나 배고픈 분대원들을 제지하지 못했다고 했다. 이렇게 큰 더덕은 소대장님께 갖다 드릴 참이었다고 말하는 분대장에게 할 말을 잃고 말았다.

지뢰밭에서 매일 지속되는 작업은 좌불안석으로 아침 일찍 시작한 작업은 어둠이 깔려서야 막사로 돌아왔다. 고된 작업은 적은 양의 급식으로는 배고픔을 참기 어려워 독이 없다고 생각되는 나무순, 도라지, 더덕 등 보이는 대로 채취하여 생으로 먹는다는 것은 알고 있었지만 통재하기란 정말 쉽지 않았다.

지뢰밭에서 더덕을 캐는 것만은 막아야겠다는 생각에 작업이 끝나면 전원 손 조사를 실시, 손에 검은 더덕 진이 묻어 있는 사람은 혹독하게 기합을 주고 반복 적발이 되면 영창 보내겠다고 하자, 손에 더덕 진을 제거하기 위해 흙으로 피가 나도록 문질러 난 상처를 보니 눈물이 핑 돌아 더 이상 말을 못 하고 돌아섰다.

이를 본 선임 하사가 "우리 앞으로 절대 더덕 캐지 않겠습니다."라고 복창, 하늘이 무너지게 큰소리로 소대원 전원이 외치고 서로 붙잡고 우는 소대원을 보고 "그래 고맙다"라는 말 외에는 더 이상 할 말이 없었다.

정말 많은 지뢰밭에서 작업했지만, 사람이 피해 다녔는지 지뢰가 사람을 피해 주었는지 아무런 사고도 없었다. 힘들었던 약 2개월간에 거칠고 힘든 작업을 마치고 철수하는 날이다. 무사히 작업을 마칠 수 있었던 것은 신의 믿음 덕이라 생각하고 신께 감사드리고 떠나야겠다. 나는 소대원 전원이 함께 엎드려 산신령님께 인사하도록 했다. '신령님 정말 감사합니다.'라고 읊조리는 내 말을 알아듣는 소대원은 한 사람도 없었지만, 정말 감사하고 홀가분한 마음으로 귀대 차량에 올랐다.

첫 임무를 부여받고 정말 많은 마음고생으로 진행했던 지뢰밭 목책 작업장이 현재 동해안 고성 최북단 남방 한계선 지역에 위치한 통일전망대 앞임을 알고 일정을 잡아 찾아갔다. 전망대 계단을 오르면서 이곳은 그때 어떤 모습이었을까. 이곳도 수풀로 뒤덮인 지뢰밭이었을까.

그때의 작업장 모습을 떠올리면서 계단을 올라 옛 작업장을 바라보았다.

멀리 바라보이는 그 지역 지뢰밭 산 풍경이 영화 필름처럼 풀리면서 그때의 우거진 수풀의 모습과 참나무를 베어 끌고 온 병사들의 모습이 아련히 떠올랐다. 참나무를 베어다 월책 방지용 설치 작업을 할 때의 병사들의 참신한 모습과 배가 고파도 더덕을 캐 먹는 일은 절대 하지 못하게 말한 냉정은 어디에서 나왔을까. 한참을 서서 그때를 생각하며 여기에 내가 서 있는 것은 그때 고생한 그 착한 병사들 덕분이라 생각됐다.

저 건너편 어디쯤에 월책 방지 작업장일 거야?

그뿐만 아니라 작업장에서 배고픔을 참지 못해 더덕을 캐 먹다가 지 뢰라도 터질까 봐 이를 방지하기 위해 손에 더덕 진이 까맣게 묻어 있는 가를 확인하기 위해 손까지 검사했던 일이 주마등처럼 스쳐 갔다. 하루 빨리 자유 왕래가 가능해져 저 지역을 찾아가 볼 수 있으면 얼마나 좋 을까. 전망대에 서서 옛 작업장 현장을 되뇌어 생각하면서 천천히 계단 을 돌아 내려왔다.

신축 막사 공사 굴토 작업

흙벽돌로 쌓아 만든 토±담 막사는 요즘 어디에서도 볼 수 없는 시 설이었다.

그러나 이곳에서 생활하는 병사들은 전혀 불편을 느끼지 못하고 생 활했다. 국가 재정이 좀 나아지면서 토담집에서 벗어날 수 있는 신축 막 사 공사가 시작되었다.

지금처럼 포크레인이 굴토 작업을 하는 것이 아니라 삽과 곡괭이로 아침 일찍부터 어두워지기 전까지 계속되었지만 아무런 불평 없이 작업 을 하는 병사들의 모습이 안쓰럽기도 하고 더욱이 배가 고파 물로 배를 채우는 모습은 눈물이 날 지경이었다.

그래서 나는 아무 불평 한마디 없이 삽질하는 모습을 서서 바라볼 수만은 없어 곡괭이를 들고 나도 굴토 작업장 안으로 들어가 보니 아찔한 생각이 들었다. 내가 서 있는 굴토 작업장 안 벽의 깊이가 내 키를 넘고 있었다.

이 깊은 곳에서 허리를 구부리고 삽질을 하다가 옆벽이 무너지면 꼼짝없이 흙더미에 묻혀 버리는 사고가 금방이라도 일어날 것 같은 불안한 생각이 들었다.

잠시 작업을 중단하고 휴식을 취하게 하고 생각했다. 만일 옆벽이 무너져 사람이 묻혔을 때 어떻게 구해 낼지 흙 속에 묻히면 금방 숨이 막힐 것이고 빠른 구출이 필수 조건이라 생각되었다.

묻히면 삽질로 흙을 퍼내야 하는데, 묻힌 사람의 정확한 위치 파악이 돼야 한다는 생각에 굴토 작업장으로 들어가는 병사들에게는 무언가 안전 장치가 있어야겠다는 생각이 들었다. 한참을 생각한 끝에 허리에 가는 실줄을 길게 묻어 굴토장 밖에 기둥을 세워 그곳에 줄을 매어 두고 작업장에 투입시키면 되겠다는 생각에, 굳은 실타래를 가져오게 해 실을 허리에 묻고 작업장에 투입시켰다.

물론 다소 작업하기는 불편하겠지만, 만일 방벽이 무너졌을 때 빨리 묻힌 장소를 찾은 것이 필수인데 이를 대비한 조치라고 설명하자 우리 소대장님 최고라고 외치면서 손벽 치던 소대원들의 모습이 지금도 선하다.

각종 작업장에서 일어나고 있는 사고 예방은 일차적으로 작업자 본인 자신의 주의력과 안전 수칙 준수가 중요하다. 하지만 무엇보다 가장 중요한 것은 현장에서 직접 보고 접촉, 감독한 자의 세심한 관찰력으로 예상된 사고에 대한 사전 철저한 예방 조치가 필수적이라 생각한다.

사고가 나면 책임 소재를 따지기 전에 당사자 본인의 잘못은 없었는지를 먼저 확인해야 한다. 다음으로 안전에 대비한 장비가 갖추어져 있는가. 작업 안전에 필요한 장비를 갖춰져 있음에도 사용하지 않았다면, 현장 감독 책임자 이상에게 관리 책임을 물어서는 안 된다고 나는 생각한다. 사고 발생은 오직 당사자와 그 작업 현장 책임자에게 있기 때문이다.

막사 지붕 덮기용 볏집 절취竊取

당시 행정반 건물 대부분은 벽돌집이었고, 병영 생활 막사는 흙벽돌을 쌓아 지은 토담 막사였다. 요즘 서울 암사동 원시생활 견학장에서나 볼 수 있는 원시인 토담집과 유사했다. 특별한 관리는 요하지 않고 지붕을 볏집이나 억새풀로 엮어 매년 가을에 바꿔 덮어야 한다고 했다.
그래서 아침에 선임 하사가 오늘은 억새풀 채취하러 산으로 가야 한다고 하면서 평소보다 일찍 일어나게 했다.

나도 따라나섰다. 가까운 산등성을 넘어 한참을 걸어 산세가 험한 계곡 옆에 억새풀이 많이 자라고 있었다. 매년 경험이 있는 선임 하사의 안내로 혼자 힘으로 질 수 있는 만큼 채취해 등에 짊어지고 일찍 돌아왔다.

그날 가져온 억새풀을 엮어 지붕을 덮으니 턱없이 부족했다. 부족한 양은 내일 하루 작업을 더하기로 하고 마무리했다. 몇 번 반복 채취해서 덮어야 할 것 같았다. 다음 날 아침 식사 후 억새풀 채취 나갈 기미가 보이지 않아 선임 하사를 찾았다.

일찍 출발해 채취해 오자고 하자 안 가도 된다고 하면서 지붕 덮기 작업은 어젯밤에 다 마무리 끝냈다고 했다. 소대장님은 모른 채 아무 말 하시지 말고 계시면 된다고 했다.

밤사이에 볏짚은 어디서 구했으며 밤새워 볏짚을 엮어 지붕을 덮을 수 있단 말인가. 신기하기도 하고 의아스럽기 짝이 없지만 더 이상 물을 수가 없어 "그래요"라면서 돌려보냈다.

궁금하기도 해서 나가서 지붕을 쳐다보니 깔끔하고 예쁘게 단장돼 있었다. 걱정했는데 다행이다 싶고 한시름 놓았다.

삼시 후 밖에서 소란스러워 나가 보니 시골 노인 한 분이 마당에서 큰 소리로 어제저녁에 볏짚단을 몽땅 도둑맞았는데, 가까이 있는 군인들이 가져간 것이 틀림없다고 하면서 막사 주변을 샅샅이 뒤지고 다니며 찾았으나 지붕에 올려진 볏집을 전혀 알아채지 못했다.

당시 부대 주변은 옹기종기 모여 사는 촌락으로 다랭이논과 산등성이를 일궈 밭농사를 주업으로 살고 있는 작은 시골 마을이었다.

벼 타작을 한 볏단은 묶어서 쌓아 두고 소먹이로 하기도 하고 불쏘시개로 쓰는 시골 농촌의 겨우살이 밑천이다.

선임 하사도 실상을 알면서도 며칠을 고생해서 쇠풀을 베어 와야 하는 소대원들을 생각해서 어쩔 수 없이 선택한 것으로 이해할 수밖에 없었다.

훔쳐 온 볏짚을 밤새워 엮어 지붕에 올리고 혹시 주인이 아침에 찾아올 것을 대비 지푸라기 하나도 남기지 않고 깔끔하게 청소해 놓은 상태다. 볏짚 주인이 찾아와서 물어도 우리를 의심하지 마시고 다 찾아보시라고 말하니 여기저기를 돌아보고 흔적을 찾지 못하고 되돌아가시는 걸 보고 마음이 아프지만 어쩔 수 없었다.

지금의 벽돌집에 냉난방 침대 생활 내무반 환경은 왕실에 비유해도 손색이 없다. 물론 그때 우리 경제 수준과 지금 수준을 비교해서 말할 수는 없지만, 그때 병사들은 정말 고생 많았다. 그러나 고생을 힘들게 생각하지 않고 웃으며 함께했던 그때 토담집 내무반에서 함께 고생한 선임 하사 소대원들이 그립고 보고 싶다. 더욱이 볏집을 도둑맞고 찾기 위해 막사 주변을 빙빙 돌면서 이미 지붕에 올려진 볏단은 의식하지 못한 채

뒷짐 지고 뒤뚱거리며 걷던 주름진 촌부의 모습이 왠지 잊히지 않는다.

살수殺水통

따뜻한 햇살이 유난히 눈이 부시다.

오늘은 일요일 아침 마음만은 편안하다. 점심 먹고 날씨가 더 포근해 지면 막사 주변 정리를 하고 봄을 맞이할 준비를 해야겠다.

무엇보다 추워서 빨지 못한 세탁물을 가지고 가까운 개울물가로 가서 겨우내 찌든 야전잠바 등을 빨고 가능하면 아직 춥기는 하지만 불알 밑도 닦는 기회를 가져야겠다고 아침 식사를 하면서 생각했다.

식사를 마치고 선임 하사를 불러 소대원 모두 데리고 가까운 양구천 개울가로 가서 빨래도 하고, 그곳에서 점심을 먹고 돌아오자고 준비 지시를 했다. 소대원 급식을 비롯한 살수통과 땔감을 챙겨 오도록 일렀다.

어떻게 생기는 것인지는 몰라도 속옷 속에서 생기는 지금 젊은 사람들은 듣지도 보지도 못한 '이'라는 벌레가 그렇게 많았다.

저녁 점호 시간에는 '이' 잡는 시간을 부여하기도 하고 떨어진 양말을 이용해 염소 젖꼭지만한 주머니를 만들었다. 그 속에 D.D.T라는 일종의

농약을 일정량 넣고 꿰맨 다음 그것을 동내의 상의上衣 겨드랑이 밑에 달고 다녔다. '이' 퇴치에 신경을 쓰지만 좀처럼 '이'가 없어지지 않았다.

자주 목욕도 못 하고, 자주 옷을 갈아입지도 않고, 볏짚 위에 솜 매트리스를 깔고 생활했다. 그런 환경에서 어쩔 수 없이 생기는 '이'를 퇴치할 방법은 D.D.T 주머니를 달고 다니는 것이 상책이었다. 다음으로 할 수 있는 것이 살수통을 사용한 세탁이었다.

살수통이란 빈 드럼통을 반으로 잘라 만든 솥이다. 1개 소대에 2~3개씩 보급해주고 일요일에 강변에 나가 입고 있던 동내의를 살수통에 넣고 물을 부은 다음 비눗물과 D.D.T를 함께 넣고 장작불을 지펴 펄펄 끓인다.

그동안 찬물에 머리도 감고 몸도 씻으면서 개울물에서 세탁함으로써 '이'를 제거하는 것이다.

그래도 불평 없이 그것이 당연한 것으로 생각하고 이겨 나갔으며 그것뿐이 아니라 보급품이 모자라 실과 바늘을 주고 양말과 구멍 난 전투복 등을 꿰매 입어야 했다.

이에 못지않게 힘든 것은 배고픔이었다. 꽁보리밥이 그것도 훅 불면 날아갈 정도의 적은 양을 먹고 지내야 할 정도로 열악하기 짝이 없었다. 그래서 배가 고픈 병사들은 아무리 힘들어도 대대 취사장이나 중대 취사장에 일하러 나가는 것이 가장 행복한 행운아라고 생각했다.

취사장에 일하러 가면 무엇이든 실컷 먹을 수 있다는 생각에서였다.

이런 열악한 환경에서도 한마디 불평 없이 꿋꿋이 생활해 온 이들, 지금의 칠팔십 대 어르신들이야말로 진정한 군인이었고, 오늘의 경제 부국으로 살기 좋은 나라로 만든 일등 공신 공로자들임을 알아야 한다.

하지만 지금의 젊은이들은 얼마 되지 않은 지난날의 사실을 알지 못한다. 지금의 풍부한 생활이 그저 굴러들어 온 것으로 착각 속에 살고 있다. 이 또한 역사를 똑바로 가르쳐 주지 못한 우리에게 책임이 있음을 깨닫고, 지금이라도 우리의 변천사를 알리고 가르쳐야 할 책임이 우리에게 있음을 실천해야 한다.

소원 수리함 활용

朝선일보 사회면(2020. 6. 22.) 어떻게 생각하십니까? 사회면의 기사를 읽고 내가 부대장 시절에 활용해서 큰 보탬이 되었던 생각이 났다.

청 게시판이 장병 소원 수리함이 되고, 이 때문에 '장군이 사병 눈치 볼 판'이라는 기사를 보고 서해안 경계 방어 중대장 때 활용한 소원 수리함 활용이 떠올랐다.

소원 수리함 본질은 바쁜 업무로 장사병 간에 대화에 시간을 갖기 어렵고 대면할 시간을 갖기 어려운 장사병 혹은 부대장이 시간 단축을 위한 조치가 근본 취지이고, 윗분에게 직접 말하기 어려운 사항을 적어 넣어 해결을 얻기 위한 수단이다.

다시 말하면 장병이 본인의 절박한 애로 사항을 지휘관에게 직접 이야기할 수 없는 사항을 적어 소원 수리함에 넣으면 그 애로 사항에 대해 사실을 확인해서 공개적으로 해결 방안을 제시하고 조치하든지 개인 신상에 관한 것이면 아무도 모르게 조치해 주어야 하는 것이 소원 수리함의 구실이다.

그러나 이 소원 수리함을 설치 활용하는 부대는 요즘은 찾아보기 힘들다. 왜냐하면 지휘관이 병사들의 애로 사항에 관심이 없거나 병사들이 감추지 않고 드러내 놓기에 필요성을 느끼지 못했기 때문일 거라 생각된다.

그러나 병사들에게는 꼭 필요한 경우가 있을 것이라 생각해서 설치하는 부대도 있고 그렇지 않은 부대도 있을 것이다.

설치 활용하는 부대 소원 수리함에서 지휘관에 관한 불평이나 잘못된 것의 시정을 요구하는 경우 누가 써냈는지, 누구의 불평인지 역추적해서 혼내 주거나 사건을 축소 내지 흐지부지 넘어가는 군대 문화 때문에 청원 게시판을 기웃거리게 된 것임을 알아야 한다.

난 서해안 경계 담당 중대장과 최전방 DMZ 경계 담당 대대장으로 근무 당시 분·소대 단위로 분산 임무 수행하는 병사들과 면담할 시간이 제한되어 이들 소리를 직접 듣기 위한 수단으로 소원 수리함을 활용해서 큰 덕을 많이 보았다.

부대 측면에서는 사소하지만, 병사들에게는 당장 중요한 문제를 호소할 마지막 보루인 부대 소원 수리함마저도 도움이 되지 않으면 더 높은 차원의 호소처를 찾을 수밖에 없다는 것은 당연하다고 보아야 한다.

지휘관이 왜 사병 눈치를 보아야 하고 사병은 왜 청 게시판을 이용하고 있는지를 생각해 보면 답은 명확하다.

군이라는 조직은 오직 지시와 실천이 있을 뿐이다.

상급자의 지시나 명령을 능동적으로 받아들여야 하는 병사의 형편에서는, 지시를 이행하는 데 부담스럽고 힘들게만 생각하면서 어떻게 하면 쉽고 편하게, 아니면 하지 않아도 되는 방안을 평소에 생각하고 있는 것이 병사들의 의식이다.

이런 병사들이 솔선하여 지시 사항을 따라오게 하는 것이 군 간부의 책무이고 의무이다.

그렇다면 병사의 관점에서 병영 생활을 하는 데에 문제점은 없는지, 사항은 정당하고 실천하는 데 문제점이나 어려움은 없는 것인지 등을 파악해야 한다. 파악된 문제점을 개선해 나가려는 생각을 갖고 꾸준히 노력하고 있다면 청 게시판에 올리는 일도 없을 것이며 부대장들은 청 게시판을 의식할 필요가 뭐 있겠는가 하는 생각이 들었다.

2부

참다운 군인이 되고 싶어

참다운 군인이 되고 싶어

    지뢰밭에서 무사고로 작업을 마친 대가로 포상 휴가를 받아 고향 부모님을 뵙고 귀대하는 길에 이제 우리 군에 실상을 파악했으니 참된 군인이 되기 위해 전쟁터에 나가 군인으로서의 자질을 갖춰야겠다는 생각으로 육군 본부에 파병 지원서를 내고 귀대했다.

    출근하자 인사계가 화천 파병 훈련소 입소 명령이 내려왔다고 하면서 중대장님이 기다리고 계신다고 해 중대장실로 들어서니 아무 말씀도 없이 "집에서 저녁이나 같이 하자, 전쟁터에 갈 양 소위에게 꼭 당부해 주고 싶은 말들이 있다"라고 하셨다.

    당시 50이 넘은 6.25 참전 경험자이신 중대장님 집에서 사모님이 끓여주신 된장국에 막걸리 잔을 나누면서 처참한 전쟁터에서 얻은 소중한 경험을 나에게 말씀하시기 시작했다.

    다양한 많은 경험을 말씀하신 가운데 전쟁터에서 살아남을 수 있었던 나름대로의 3가지 원칙을 강조하시면서 이것만은 꼭 명심하라고 당부하셨다.

"첫째로, 제일 중요한 것은 즉흥적인 지휘자의 상황 판단 능력이야. 적과의 유불리를 따진 것도 매우 중요하지만, 때론 어떤 상황에서든 직감으로 느껴지는 예감을 즉시 판단 적용하는 것이 매우 중요한 때가 많다는 것을 명심하고 머리를 스치는 영감을 놓치지 말아야 한다.

두 번째로, 전쟁터에서 절대로 이유 없는 살생을 금해야 하며 절대로 이유 없이 생명을 죽어서는 안 된다. 아무리 작은 미생물이라 할지라도 작전에 임하기 직전에는, 파리채로 파리를 때려잡지도 말아야 한다는 것을 명심해야 하고, 비단 돋아나는 풀잎 하나도 꺾어 버리거나 짓밟아 버리는 행위는 금해야 한다.

세 번째로, 작전에 임하기 전 여자를 범해서는 절대로 안 된다. 이것은 명심해야 되네, 금물이야."라고 힘주어 말씀하시면서 두 손을 꼭 잡고 "잘 다녀와."라고 하시던 노병의 말씀을 잊지 않고 실전에 임한 결과라고 믿고 싶다. 최선두 보병 소대장으로서 훈장은 받지 못했지만, 소대원 한 사람도 희생 없이 정글 작전 소대장직을 마무리할 수 있었던 교훈이 아닌가 생각된다.

월남전 하면 그때 주름진 노병의 중대장님의 얼굴이 떠오른다. 그는 내 생애 은인으로 군 생활에 산 지침을 안겨 주셨던 훌륭하신 중대장님으로 기억하며 살고 있다.

참다운 군인이 되고 싶다는 생각은 군인의 본분인 작전의 이론과 실무 경험이 겸비되어야 한다는 생각에서였다. 교육과 훈련을 거쳐 이론은 갖추었다고 생각되었다. 그러나 이를 적용하고 익히는 데 필요한 작전 경험을 쌓아야겠다는 생각에서 택한 베트남 파병 지원으로 경험한 작전은 군 지휘관으로서 값진 참다운 군인의 기본을 갖추게 한 선택이었다.

베트남 하면, 번뜩 머릿속에 떠오르는 것은 무성하게 얽힌 대나무숲과 하늘을 뒤덮은 정글로 햇빛이 차단된 습진 땅 위에 우글거리는 산거북이들, 하늘을 찌르는 높은 나무 위를 째째거리며 이리저리 날아다니듯 재빠르게 옮겨 다니는 원숭이 떼의 모습이 제일 먼저 떠오른다. 그뿐 아니라 그 어려웠던 정글 작전을 함께했던 전우들의 모습이 떠오면서, 전투 작전에서 무사하게 성공적으로 임무를 마치고 돌아오게 가르침을 주셨던 중대장님의 주름진 모습이 아롱거린다. 귀국 후, 아니 그 이후에도 단 한 번도 찾아뵙지 못한 것을 생각하면 지금도 한없이 부끄럽고 죄스럽기만 하다.

파병되던 날 환송객 속의 실타래 여인

춘천역 광장에 모인 환송객의 모습

화천 파병 훈련소에서 근 한 달간 교육 후 출국 명령을 받고 열차로 춘천역을 출발 청량리역에 도착했다. 태극기를 손에 든 많은 시민에 열렬한 뜨거운 환송객들이었다. 전쟁터로 떠나는 장병들의 무사 귀환을 바라는 부모 형제를 비롯한 수많은 환송객 속에 나는 특별히 나를 배웅해 줄 사람이 없어 그저 멍하니 창밖을 바라보고 있을 뿐이었다.

그때 높은 하이힐을 신고 짧은 치마를 입은 아가씨가 총총걸음으로 와서 내 앞에 멈춰 서더니, 무언가를 내 목에 걸어주면서 "무사히 돌아오세요. 건승을 빌겠습니다."라고 손을 내밀었다.

45

얼떨결에 아가씨 손을 잡자 구겨진 메모지 한 장을 손에 꼭 쥐어 주면서 또다시 "몸조심하시고 건강히 돌아오세요!"라고 말하는 순간 열차는 서서히 출발하기 시작했다. 고맙다는 인사도 변변히 하지 못한 나를 향해 한없이 손을 흔드는 모습만을 바라보면서 그 여인은 나와 점점 멀어져만 갔다.

옆 좌석에 앉아 있던 박 소위가
"야 너 참 좋은 선물 받았네"
그제야 보니 넓죽하고 뭉뚝한 무명실 타래가 목에 걸려 있었다.
'그래 정말 좋은 선물 받았네'라고 생각하면서 메모지를 펴 보니 볼펜으로 또박또박 눌러쓴 글씨로 「종로구 미아동 25번지 안미경」이라고 적혀 있었다. 정말 값지고 의미 깊은 선물이라고 생각하면서 그 여인의 모습을 되뇌이며 실타래와 함께 메모지도 배낭 속 깊이 넣었다.

부산항을 출발하여 10여일간의 거친 항해 끝에 베트남 나트랑항에 도착했다. 푹푹 찌는 더위와 무성한 정글 작전 소대장 임무가 시작되었다, 나는 작전에 투입될 때마다 잊지 않고 제일 먼저 실타래를 배낭 속에 넣으면서 나와 우리 소대원 모두 무사히 지켜 달라고 빌었다.

전투 작전에서 무사히 돌아올 때마다 빠짐없이 그 여인에게 감사한 마음을 담아 편지를 썼다. 좋은 선물 덕에 무사히 이렇게 글을 쓰고 있노라고, 바나나밭 풍경도 물소 떼 사진도 작전을 끝낸 촌락 지역 사진 등을 수없이 보냈다. 나는 우편물 헬기가 중대에 올 때마다 오늘은 답이 오겠지 하는 생각으로 무려 수개월을 기다렸으나 답이 없었다.

그래도 포기하지 않고 답이 꼭 오도록 하겠다는 마음으로 당시 고국에서 가장 인기 있는 아리랑 월간 잡지(1967년 10월호)에 '무명실 타래에 대한 보답'이란 제목으로 투고했다. 투고 내용은 내가 보낸 글에 대한 답변을 꼭 받고 싶다는 것과 귀중한 선물에 대한 믿음과 "무사히 돌아오세요"라는 당부의 말에 힘을 받아 무사히 잘 지내고 있으며 꼭 귀국해서 찾아보고 싶다는 글로 마감한 글이 내 사진과 함께 아리랑 잡지에 실렸다.

잡지사에서 책이 보내져 왔고 펜팔이 쏟아져 들어왔다. 중대 우편물 절반이 나에게 온 것이었다. 그 여인을 대신해서 답을 보내 주겠다는 등 정말 많이 왔으나, 정작 기다리던 안미경 씨의 답은 끝내 못 받은 상태에서 귀국 명령을 받고 베트남에서 마지막 편지를 썼다.

자기가 목에 걸어 준 실타래에 대한 믿음 덕으로 무사히 귀국하게 되었으니, 부산항에 도착하는 날 피켓을 들고 맞이해 달라는 간곡한 청에 마지막 편지를 중대 우편함에 넣고, 그동안 수없이 그리던 그 여인은 마음씨 착한 예쁜 얼굴일 거라고 상상하며 그리던 안미경 씨에게 줄 선물과 함께 실타래와 메모지도 챙겨 함께 귀국 배낭 속에 담았다.

베트남 전쟁에서 전투 경험을 쌓고 귀국길에 올랐다.

바로 1년 전 부산항을 출발할 때 전쟁터에서 소위는 가장 위험한 총알받이 소모품이라 했는데, 살아서 부산항에 도착하는 설렘과 기대로 만감이 교차했다. 많은 환영 인파와 현수막이 나부끼고 기쁨과 환호로 가득했다. 환영객을 잘 볼 수 있는 높은 위치에서 나를 찾는 현수막을 찾았고 환영객 사이를 돌면서 살폈으나 보이질 않았다.

만난다면 생사의 갈림길에 설 때마다 내게 힘과 믿음을 주었던 덕에 살아 돌아왔다고 덥석 안아 주고 싶었는데 나오지 않아 왜 이리 서운하고 허전하고 마음이 아픈지 가슴이 내려앉았다.

귀국 후 고맙다는 마음의 준비와 그에게 줄 선물을 갖고 그가 준 쪽지 주소로 찾아가 주변 사람들에게 묻고 꼭 찾아야겠다는 신념으로 노력했으나, 끝내 찾지 못하고 돌아서면서, 다음 기회에 다시 한번 와서 찾아보겠다는 마음으로 돌아선 후 그 약속을 지키지 못했다.

그러나 바쁘게만 살아온 시간 속에서도 베트남이란 이름을 들을 때마다, 하얀 머리카락에 주름진 지금의 내 얼굴과 마음속에, 그 깊고 깊은 뜻이 담긴 실타래를 나에게 안겨 준 그 여인을 생각하는 마음은 지금도 깊게 은인으로 남아 있다.

특히 7월이 오면 험준한 밀림 작전과 힘들고 고통스럽던 야간 매복 작전이 떠오른다. 꼭 살아서 돌아가야 한다는 희망을 갖게 해 준 그 여인을 지금이라도 만날 수만 있다면, 두 손 꼭 잡고 지금 이 순간까지도 잊지 않고 평생 은인으로 마음속에 간직하고 살아왔고, 또 살아갈 거라고 말할 수 있는 기회가 주어진다면 얼마나 좋을까 하는 생각을 지울 수가 없다.

베트남으로 떠날려는 군용화물선

부모님 품에 안기는 것이 훈장이다

월남 참전 보병 소대장이 훈장 하나 목에 걸지 못한 동기는 첫 임무로 베트콩 보급 근거지로 추정되는 마을 입구에 매복 작전으로 밤샘하고 돌아왔다. 피로에 지친 소대원들을 취침하도록 조치하고 분대 단위로 마련된 지하 벙커 막사를 돌아보았다.

밤샘하고 돌아온 병사들이 자지 않고 시원한 나무 그늘에 옹기종기 모여 앉아 각자 고향에서 온 편지를 돌려보고 있었다. 나도 고향 소식 좀 같이 보자 했더니 내게 건네 준 편지를 받아 읽어 보았다. 그 편지 내용은 고향 소식이 아닌 베트남 전쟁에 참가하고 있는 자식 걱정만으로 쓰여진 어머니 편지였다.

집 걱정 말고 몸조심하고 건강하게 잘 있다 돌아오너라.

무더운 전쟁터에 있는 너를 생각하면 잠을 잘 수 없고 엄마는 매일 아침 장독대에 정화수를 떠 놓고 건강하게 돌아올 수 있도록 천지신명께 빌고 또 빌고 있다. 부디 몸조심 건강한 모습으로 돌아오기를 학수고대하며 살고 있다는 편지를 읽고 가슴이 뭉클해졌다.

'그래, 무사히 데리고 있다가 부모님께 건강하게 되돌려 보내 줘야지' 하는 굳은 결심을 하게 되었다. 작전에 임할 때마다 군장 검사를 끝내고 난 후 내 명령 없이 경거輕擧망동한 행동은 절대 하지 마라.

전과를 올려 훈장 받을 생각하지 마라. 몸 건강히 돌아가 부모님 품에 안기는 것이 훈장이다. 작전 출발 전 빼놓지 않고 강조한 말이었다.

그래서 나와 내 소대원들에게는 훈장이 있을 수 없었다. 그러나 작전이 끝나고 소대원 인원 점검 시 마지막 "외치는 소리 인원 장비 이상 무"라는 끝말이 훈장보다 소중한 울림으로 나는 소중하고 귀중한 자녀들을 한 사람도 손상 없이 건강한 몸으로 고국에 부모님 품으로 돌아가게 했다.

하지만 정글 작전뿐만 아니라, 특공 구출 작전 소대장으로서 전과를 인정, 훈장을 받을 수도 있었지만 인접 소대 피해 상황과 상쇄되어 훈장을 목에 걸지 못한 아쉬움을 솔직히 떨치지 못하고 살아왔다.

최초 작전

베트남 날씨는 뜨거운 햇살로 밖에서는 견디기 힘들지만, 나무 밑 그늘진 곳에서는 항상 불어오는 태평양 바닷바람으로 시원한 느낌이었다. 그러나 낮에는 덥고 밤에는 우리나라 초가을 날씨처럼 싸늘해 작전 투입 시에는 주야 간 복장을 갖추는 데 신경을 써야 했다.

베트콩들이 민가에 입출입한다는 정보를 입수하고 민가 부근 바나나밭 부근에서 매복 작전에 들어갔다. 밤을 새기 위해서는 교대로 한 사람씩 가면을 취해야 하기 때문에 내가 먼저 가면하기로 하고 잠깐 잠이 들었나 싶었다. 그 순간 내 옆에 놓인 야간 관측 장비를 베트콩이 슬쩍 집어 가는 꿈을 꾸었다. 깜짝 놀라 일어나 보니 장비는 그대로 있었다.

이상한 생각에 즉시 비상 신호줄을 당겨 감시 철저 경계 명령을 내렸다.

비상 신호줄은 소대원 전원이 매복 투입 시, 2명을 1개 조로 전개 비상 신호줄을 연결하고 2명 중 1명은 가면 상태를 유지하고 1명만 전방을 관측하다가 이상을 발견하면 신호줄을 당겨 전원에게 전투 준비를 명하는 신호 체계다.

비상 신호를 보내고 난 뒤 1분도 채 안 되어서 제일 우측에서 총소리가 나고 바로 크레모아 터지는 소리가 천지를 진동했다. 어떤 상황인지 알 수는 없지만 분명 베트콩과 마주친 것만은 확실하다는 생각에 즉시 1분대장을 호출했다.

"돛단배 하나, 무슨 일인가?"

"나타났습니다. 몇 명인지는 모르겠고요."

"알았다 사격을 중지하고 정확히 관찰하고 대응하라."

지시하는 순간 매복조 중간쯤에서 '따콩'하는 총성이 나자마자 즉시 소대원들의 사격이 시작되었다. 사방이 칠흑 같은 어두운 바나나밭을 에워싼 매복 형태이기 때문에 한쪽 편에서 교전이 시작된 것이다.

즉시 중대에 교전 상황을 타전하고 조명 지원을 요청했다. 그러자 우리 매복 지점이 베트콩이 많이 출몰하는 지역으로 조명탄이 뜨게 되면 위치가 탄로 나고 그렇게 되면 그 지역 많은 베트콩 증원이 될 수도 있어 위험하니 상황을 지켜보라는 중대장 명령이었다. 알았다고 대답하고 낮은 포복으로 1분대장 쪽으로 이동해서 상황을 파악했다.

양쪽 총성은 멈추고 쥐 죽은 듯 조용한데 2분대장이 무전기로 나를 불렀다. 아주 작은 목소리로 위생병을 찾았다. 다급하게 물었다. "왜 그래? 누구라도 다쳤나?"라고 다그쳐 다시 물었다. 분대장 자신이 팔에 부상을 입었다고 했다. 조명 없이는 치료가 불가능하다고 판단하고 중대에 조명을 재요청하기로 마음먹고 생각하니, 조명탄을 지원받을 경우 중대장이 우려한 것처럼, 우리 위치가 노출되면 불리할 것 같아 조명 요청을 잠시 보류하고 우선 주변 동태를 파악했다.

더 이상의 총성도 없고 우리가 먼저 선제공격을 했으니 베트콩들이 당황하여 퇴각했을 거라 생각되었다. 중대장에게 현장 상황을 보고하고 조명 지원을 요청했다. 중대장도 내 판단을 믿고 조명탄을 지원하기 시작했다. 조명탄이 어두운 밤하늘을 대낮처럼 밝히고 나는 부상당한 분대장에게로 위생병과 함께 신속하게 움직였다.

불행 중 다행으로 왼쪽 팔 손가락 두 개가 크게 다치고 M16 소총이 파손된 것이 전부였다. 처음 '따콩' 하는 총성이 베트콩 저격수가 쏜 한

발에 M16 소총을 잡고 있는 왼손에 명중한 것이었다.

분명 가슴이나 머리를 조준했을 텐데 천운이었나 보다. 꿈결에 야간 관측 장비를 가져가는 꿈의 예시를 받지 않아 전투 비상 대기를 시키지 않았다면, 분명 우리가 큰 피해를 당했을 텐데, 먼저 알고 선조치 크레모아로 공격, 달아나게 한 것이 큰 성과를 가져오게 한 것은 꿈의 예시 덕분이었다고 생각하면서 큰 피해 없이 마무리된 작전이라 생각되었다.

물소 떼 사살을 베트콩 전과로 보고

며칠 전 매복 작전에서 실패해 다시는 같은 잘못을 해서는 안 된다는 생각으로 매복 작전에 임했다. 출발 전 군장 검사 시 야간 관측 요령과 베트콩들의 이동 형태와 물품 휴대 형태 등을 관찰해서 베트콩 여부를 판단 보고하는 요령들의 교육은 필수적으로 실시한다.

물론 칠흑 같은 밤에 움직이는 물체가 무엇인지 알아보기엔 한계가 있음을 잘 알고 있지만 그래도 입버릇처럼 반복해서 해야만 한다. 그래야 마음이 놓인다.

오늘은 중대에서 멀리 떨어진 반자마을 입구로 매복 작전 임무를 부여받았다. 해가 지기 직전에 마을 입구에 도착해서 마을이 잘 보이는 산등성이에 숨어 올라가 마을 전체의 형태를 알아보는 것이 중요하다. 이동 시간을 고려해서 좀 일찍 출발했다. 해가 스멀스멀 빛을 감출 무렵 마을 가까운 뒷산에 스며들어 마을에 출입자가 보이는지 살피고 돌아와 마을로 접어드는 길목에서 약간 떨어진 논두렁을 은폐물로 삼아 매복 진지를 편성했다.

이 마을에 베트콩들이 물품 조달을 위해 드나든다는 첩보를 입수한 대대에서 하달한 매복 지점이니 어쩌면 전과를 기대해 볼 만하다는 기대감으로 꼼꼼히 따져 진지를 편성하고 크레모아는 마을을 등지고 매설했다.

폭발 시 후폭풍이 마을 쪽으로 날아가는 것을 방지하기 위해서다. 시간이 다소 걸려 진지 편성이 완료됐다. 마을이 가까워 소음이 나지 않도록 조심해서 행동했기 때문에 다소 시간이 걸렸다.

초저녁이 지났다. 베트콩이 마을로 진입할 시간은 지난 것 같다. 주간에 마을에 스며든 베트콩이 있다면 새벽에 빠져나갈지는 모르나 초저녁 사항은 끝난 것 같은 생각이 들었다. 이제 가면을 취해야 한다. 위생병이 먼저 경계 근무하고 나와 위생병이 교대하기로 하고 철모를 뒤로 베개 삼아 가면에 들어갔다. 걸어서 이동하고 진지 편성에 각별히 신경 쓴 탓인지 쉽게 잠이 들었는데 하늘이 무너지는 폭발음에 일어나자 무전병이 수화기를 넘겨주었다.

"소대장님 잡았습니다. 앞에서 신음 소리도 들립니다."

"그래 알았다. 상대방에서 아무런 대응이 없으니 더 이상 움직이지 말고 기다려 보자."

잠시 시간이 지났지만 2분대 외에는 아무런 상황 보고가 없어 이상한 생각이 들었다. 혹시 늦게 마을로 들어오던 민간인이 아니었나 싶기도 하고 순간 3분대 쪽에서 크레모아 터치는 소리와 동시에 요란한 총소리에 긴장하고 분대장에게 사항을 물었다. 수 명이 2분대 쪽에서 자기 앞으로 도망 온 것을 보고 조치했다는 보고를 받고 만일 쌍방 교전이 발생 시 조명 지원을 받아야 할 상황이 발생할 수도 있다는 생각에 중대에 보고했다.

보고를 받은 중대장이 "수고 많다. 상대방 대응이 어떤가"라고 물었다. 상대방 대응은 아직 없다고 했다. 그럼 더 이상 불필요한 행동은 하지 말고 상황을 지켜보고 새벽 시간이 가까웠으니 날이 밝을 때까지 움직이지 말고 기다려 보라고 했다. 결과는 천천히 날이 밝으면 파악해서 전과를 보고하면 된다고 했다. 더우기 마을이 가까운 곳이니 마을 쪽 동향을 철저히 경계한 상태에서 행동하고, 날이 완전히 밝기 전 마을에서 빠져나와야 한다고 했다.

명령을 받고 얼마 되지 않아 어렴풋이 날이 밝기 시작했고 주변은 고요했다. 2분대장에게 주변을 경계하면서 전과를 파악해 보고하라 했다.

"소대장님 큰일 났습니다. 물소 수십 마리가 죽어 있습니다."

놀란 나는 황급히 뛰어갔다. 마을로 들어가는 길 주변에 물소들의 시체가 널부러져 있었다. 중대에 상황 보고는 뒤로하고, 어제저녁 들어왔던 길을 따라 가급적 마을에서 멀리 떨어진 곳까지 철수하려고 급히 이동 중에 중대장 호출 무전이 왔다. "왜 아직 상황 보고가 없느냐"라는 독촉이었다.

무어라 말해야 할지 생각할 여력도 필요 없이
"중대장님 큰일 났습니다. 베트콩이 아니고 물소들입니다."
"뭐라고? 당황하지 말고 천천히 보고해 봐, 무슨 말인지. 죽은 사람은 하나도 없고 전부가 물소란 말이냐?"라고 되물었다.
"예"라고 대답하고는 아무 말이 없었다. 잠시 후
빨리 마을을 빠져나오라고 말해 "지금 철수하고 있습니다."라고 말하자, "가급적 마을에서 멀리 떨어진 곳으로 철수한 후 보고하라"라고 하면서 대화는 끝났다.

마을 부근 매복 작전 시 가끔 있었던 상황을 경험했던 중대장님은 혹시나 하는 생각에서 전과를 파악한 뒤 대대에 보고할 생각으로 보고를 하지 않았다. 다행이라고 하면서, 급히 철수하지 말고 안전한 곳에서 잠시 휴식 후 중대로 돌아오라고 하셨다. 고생했다는 그 위로의 한마디를 교훈 삼아 군 생활 내내 나도 중대장님과 같은 덕담의 부대 지휘관이 되려고 애썼다.

그때 물소 떼 사살 작전을 생각하면 작전 실패인지 성공인지 판단하기 지금도 어렵다. 움직이는 물체가 가까이 다가오니 마을로 들어오는 베트콩으로 생각할 수밖에 없었겠지만, 마을에서 방목하는 소가 있을 수 있다는 생각을 하지 못한 탓에 죄 없는 물소를 처참하게 죽게 만들었다. 농촌 물소 주인은 뜻밖에 귀중한 소를 잃게 되었으니 얼마나 화가 나고 원망했을까....

작전에 임한 지휘관은 주변의 지형과 특성을 고려해서 이런저런 상황이 발생할 수도 있다는 생각을 가지고 임했다면, 마을에 방목하는 소가 밤늦게 돌아올 수도 있다는 것쯤을 생각했다면, 이런 불상사를 예방할 수 있지 않았을까 하는 후회도 갖고, 지금도 떼죽음 당한 물소와 마을 주인에게 미안하고 죄스러운 마음이다.

물소 떼 사살 예상 마을 어귀

특공 구출 작전

야간 매복 작전을 마치고 돌아와 아침 식사를 끝내고 휴식을 취하고 있었다. 그러던 중 중대장님 부름을 받고 중대장실로 들어갔다. 분위기가 싸늘했다. 첫 마디가 "힘들겠지만 지금 바로 출동해야겠다."라고 했다.

대대에 파견돼 작전에 투입된 1소대가 베트콩 은거 예상 촌락 마을 작전 중 큰 피해를 입고 고립되면서 통신이 두절됐다고 했다. 지금 당장 헬기로 이동, 대대 정보과장 지시를 따라야 되니 바로 출동 준비하라는 명령을 받았다. 중대장 명령이 떨어지기 무섭게 바로 헬기가 도착했다.

소대는 헬기로 반자마을 입구로 이동하여 그곳에서 대대 정보관으로부터 1소대가 포위되어 있을 예상 지역과 그곳으로 진입할 접근로 등 상세한 작전 설명을 해 주었다.

포위된 1소대와 접촉이 이루어지면 퇴로를 마련하여 안전지대로 함께 철수하라는 특공 작전 명령을 받고 작전 특성상 이동에 간편한 단독 무장으로 작전에 돌입했다.

나는 소대를 2개 조로 편성, 선임 하사가 1, 3분대를 지휘하여 앞서 전진해 들어가는 소대장 조를 근접 지원 엄호하도록 하되, 만일 앞서 들어간 소대장 조가 적과 조우하여 사격전이 벌어져도 내 명령 없이 소대장 조를 추월 전진해서는 절대 안 된다고 명령했다.

"만일 베트콩 저항에 부딪혀 소대장 조가 후퇴할 경우, 추격해 올 수도 있는 적을 저지해야 하며, 소대장 조와 일정한 거리를 두고 소대장 조와 보조를 맞춰 전진하되 포위된 1소대와 접촉이 이루어진 그때 상황에 따라 필요한 지시를 할 것이다."라고 명령하고 소대원들에게 1소대가 포위된 예상 지역에서 적과 조우 교전이 시작되면 목표물을 보고 사격하고 휴대한 실탄을 불필요하게 낭비하지 않도록 당부했다.

나는 2분대와 화기 분대로 편성된 조를 밀집 전진을 피하기 위해 다시 4개 조로 나눠 포위 예상 지역 반자마을 중심 지역으로 도로를 따라 서서히 전진해 들어갔다.

출발 지점으로부터 얼마 들어가지도 않았는데 따콩 총성 1발과 동시에 우리 조 주변에 비 오듯 실탄이 날아들었다. 전진을 멈추고 전방 지역을 살펴보니 약간 멀리 떨어진 위치에 우리나라 소방서 관측소 같은 망루가 우뚝 서 있었다.

분명 저 망루에서 사격하는 것이라고 판단되어 휴대용 60미리 로케트포 사수를 망루에 근접해 가서 망루 상층부를 부수도록 명령했다.

사수가 은밀히 접근하는 동안 우리 조는 적의 관심을 우리에게 집중하도록 관망대 방향으로 산발적인 사격을 계속하는 동안 로케트 포성이 울리면서 망루 상층부가 무너져 내렸다.

이때 우리 조는 즉시 전진을 시작했으나 적 지역으로부터 아무런 저항을 받지 않고 전진해 마을 중심부로 들어갔다.

이때 멀리 상가 지역에서 "여기입니다. 이쪽으로"라고 하는 1소대장 외침을 듣고 쉽게 접근해서 보니. 다행히 쌀가게를 확보, 쌀 마대로 임시 호를 구축, 적의 접근을 방어하고 있었으나 나를 본 소대장은 황급히 전사자도 있고 다수의 부상자 중에 중상자도 있으며 위생병도 부상을 당해 환자를 돌보지 못한 상태라 신속한 후송 조치가 필요하다고 말했다.

다행히 소대장은 다치지 않아 출혈이 심한 부상자들을 압박 붕대로 지혈을 시키는 등 적절한 조치를 다하고 있었다.

급히 후송시키기 위해서는 구급 헬기가 안전하게 착륙할 수 있는 곳으로 옮겨야 한다는 생각이 들었다. 중대장에게 현 상태를 간단히 보고하고 현재 위치가 반자마을 가운데 상가 지역으로 헬기 착륙이 불가능하니 마을 동쪽 해변가로 철수하겠다고 보고했다.

나는 주변 경계를 계속하면서 우선 중상자부터 철수를 시작해서 해질 무렵에 해변가로 철수 완료 보고를 했다.

보고 직후 구급 헬기와 후뉴쿠(대형 수송 헬기)가 동시에 와서 전사자와 부상자 1소대 인원 전원은 철수했다. 우리 소대 철수를 위한 헬기가 즉시 올 거라고 생각하고 있는데, 해가 지고 어두워져 더 이상 헬기 지원이 어려우니 우리 소대는 안전한 지역을 선택해서 야간 매복 작전으로 전환하라는 중대장 명령이 떨어졌다.

긴급 구출 작전에 투입되면서 가벼운 군장으로 배낭을 휴대하지 않아 비상 식사 대용 씨레손도 저녁 야간 매복 시 입어야 할 야전잠바도 없어 야간 매복으로 전환이 불가하니 철수해야만 한다고 건의했다.

그러나 이 지역은 베트콩 활동이 많은 지역으로, 주간 작전으로 우리 위치가 이미 노출되어 있어 철수하기 위한 야간 헬기 지원이 불가능하니, 불가피하게 현 지역으로부터 멀리 이동하지 말고 가급적 근거리에 자리 잡고 매복 근무로 전환하라는 명령에 따를 수밖에 없었다.

소대원들에게 곧 어두워져 헬기 지원을 받을 수 없어 불가피하게 오늘 철수가 어렵고, 이곳을 빠져나가려면 마을 어귀를 거쳐야 하니 위험하고 저녁을 먹지 못했지만 참으라 했다. 또 내일 아침 일찍 헬기를 지원받아 철수할 것이니 참고 오늘 이곳에 진지를 편성 매복 근무로 전환해야 한다고 소대원들의 이해와 인내를 당부하고 야간 매복 근무 형태로 전환하면서 위험하고 긴장된 특공 구출 작전은 일단락되었다.

특공 작전 진입 전 첨병 분대와 함께

전장戰場을 기피한 죄罪

정확한 첩보도 없이 무리한 마을 수색 작전에 투입되어 오히려 큰 피해를 입고 고립된 소대원 구출을 위한 특공 작전 임무를 부여받아 성공적인 작전으로 피해를 당한 1소대원들은 무사히 구출 복귀하였으나 우리 소대는 해가 저물어 헬기 지원을 받지 못해 불가피하게 야간 매복 근무 형태로 전환할 수밖에 없었다.

야자수 나무로 둘러싸인 마을은 어둠이 쉽게 깔리기 시작했다. 서둘러 마을에서 약간 떨어진, 안전하다고 생각되는 바닷가를 택해 바다를 등지고 마을 쪽을 향해 일렬횡대로 모래밭에 잠호를 파고 매복 근로로 들어갔다. 만일을 대비해 크레모아를 마을 쪽으로 향해 설치했다. 주간 작전으로 피곤할 뿐만 아니라 저녁도 먹지 못한 상태라 평소 2명 1개 조를 3명으로 증가해 아무리 피곤해도 3교대 하여 1명은 반드시 졸지 말고 전방 감시를 철저히 하도록 당부하고 매복 근무에 들어갔다.

나도 모래밭에 허리 깊이 정도 호를 파고, 전령과 통신병 위생병이 한 조가 되어 교대 경계 근무를 서도록 하였다. 나도 자침부터 작전에 시달리다 보니 몹시 피곤해 잠시 가면을 취하고 있는데 무전병이 내 옆으로 와서 겁먹은 표정으로 말없이 등 뒤 바다 쪽을 보라는 손짓을 하면서 수화기를 나에게 넘겨주었다.

폰을 받아 들고 귀 기울이니 2분대장이 모깃소리만 한 목소리로 "소대장님 우리 뒤쪽 바닷가로 겁나게 많은 베트콩들이 이동하고 있습니다."라고 급한 목소리로 보고했다.

"그래 나도 지금 보고 있어. 절대로 움직이지 말고 대기하라."라고 지시하는 동안 다른 분대장들로부터도 급한 신호가 들어왔다. 알고 있다는 신호로 답하고 등 뒤 바다 쪽으로 뒤돌아본 순간 앗 소리를 지를 뻔한 광경에 내 눈을 의심했다. 놀란 가슴을 진정하고 바라보니 바다 수면 위 공지 선상에 비치는 적들의 이동수는 어림잡아 수백 명이 넘는 듯싶었다.

어제 우리 소대는 바다를 등지고 바닷가에 매복 진지를 구축하고 마을을 바라보면서 진지를 편성했는데, 썰물이 되면서 바닷가가 아닌 마을과 바닷물 중간 모래밭 위에 있었다. 어제 우리와 접전했던 베트콩이 반자마을에서 썰물 시간을 이용, 우리 군이 장악하고 있는 1번 도로를 피해 안전하게 생각되는 바닷가를 택해 철수하고 있는 것이라 생각되었다.

만일 우리 소대가 선제공격하면 저 많은 적이 마을 쪽으로 피하면서 우리를 공격해 올 텐데, 우리의 선제공격 무기인 크레모아가 현재 적들과 반대쪽에 매설돼 있을 뿐만 아니라, 저 많은 적과 교전 시 포사격 지원을 받아야 하는데 우리 소대 현 위치를 정확히 알 수 없어 정확한 지원 사격 요청도 쉽지 않겠다는 생각이 들었다.

어떻게 결정을 내려야 할지 크게 당황스러웠다. 적과의 거리가 지근거리라 중대장에게 소리 내어 보고할 수도 없는 터라, 나 혼자 결정지어야한다는 생각에 '그래, 조용히 못 본 듯 통과시키자. 이 순간만 모면하면될 것 아닌가' 하고 나는 끝내 사격 명령을 내리지 않았다. 내 목숨을 지키자는 것인지, 소대원 목숨을 위한 행위인지 뚜렷한 결정이나 판단 없이 공허한 마음으로 수십 분간 그들이 지나가는 것만을 숨을 죽이고 바라만 보고 통과시키고 말았다.

그들이 통과 직후 밀물이 들어오면서 날이 밝아오자 어젯밤 그 많은베트콩이 걸어서 지나간 해변 모래사장은 출렁거리는 바닷물에 잠겨 흔적을 찾을 수 없었다. 분명히 꿈은 아니었는데 어제저녁 상황 정리를 어떻게 해야 할까. 전 소대원들이 지켜 본 가운데 전장을 회피했는데 무어라 별명을 할 건가. 변명보다는 당시 내가 결정했던 속마음을 솔직히 말해야겠다고 생각 중에 있는데....

중대로부터 어제 공격을 개시했던 반좌마을 입구로 신속히 이동하라는 통보를 받고 철수 준비를 완료했다. 출발 직전까지 어제저녁 있었던상황에 대해 아무도 말하는 소대원이 없었다.

하지만 어젯밤 내 행동은 전쟁터에서 중대한 전장 기피 행동이 분명하다고 생각하고 중대에 복귀하면 중대장에게 보고해야겠다고 마음먹고, 그러기 전에 소대원들에게 먼저 어젯밤 적을 앞에 두고 공격하지 않고 내가 취했던 비겁한 행동에 대해 소대장으로서 부끄럽게 생각한다고 말했다.

그리고 내가 중대장님께 보고하기 전에 다른 소대 소대원들이나 중대에 복귀 시 중대원 누구에게도 말하지 않았으면 좋겠다고 주의사항을 당부하자, 듣고 있던 선임 하사 최 중사가 "소대장님 정말 잘 판단하셨고 만일 우리가 어제저녁 그들과 싸웠다면 여기에 아무도 있을 수 없습니다. 소대장님 굳이 중대장님께 보고하지 마십시오. 어제저녁 사항에 대해 우리 소대원 모두는 소대장님께 정말 고맙고 현명하신 소대장님으로 존경할 것이며 어제 사항에 대해서는 무덤에 갈 때까지 말하지 않겠다고 소대원 전원 모두가 다짐하겠습니다."

"그래, 고맙게 받아들이겠다. 다만 중대에 복귀해서 판단 결정하겠다." 라고 말하고 지정된 장소에 도착한 헬기로 중대에 도착해서 늦은 아침 식사를 하고 소대원들은 취침에 들어갔다.

나는 그간 전투 작전 경과를 보고하기 위해 중대장실에 들어가니 어제 작전에서 많은 피해를 본 1소대 때문에 분위기가 무거워 상세한 보고를 생략하고 소대 인원 장비 이상 없이 복귀 완료했다는 보고를 하자, 어제 성공적인 구출 작전으로 피해를 줄일 수 있었고 정말 고생했고, 3소장은 훈장 상신 대상이나 1소대 피해가 전사자를 포함 너무 커 포상 신청을 할 수 없음을 이해해 달라고 하는 중대장님 말씀 끝에 어제저녁 작전 기피에 대한 잘못을 보고하려고 했으나 말문이 열리지 않았다.

그러나 그 당시 긴박한 상황에서 군인답지 못한 결정을 한 지휘자로서 귀국하는 날까지 아니 그 사실을 감추고 군인의 본분을 다하지 못한 죄책감을 지니고 있지만, 당시 수적으로나 지형상 뿐만 아니라 전혀 예상치 못하고 편성된 매복 작전의 불리한 사항을 알면서, 군인의 본분만을 생각해 무리하게 공격해서 전사자가 발생 귀국할 수 없는 부하가 있었다면 그 죄책감은 더 말할 수 없이 큰 것일 거라는 생각으로 묻어버리고 지내 왔다. 이제야 그 당시 상황에 대한 진실을 말하는 나에 대해서는 이 글을 읽는 독자들이 판단해 주리라 생각한다.

바다를 등지고 매복한 지역

소대장님 제가 앞장 서겠습니다

일주일 장기 매복 작전 명령을 받고 베트콩 주둔 지역으로 예상되는 혼바산 입구 야산으로 잠입한 지 3일째 되던 날 씨레이손만 먹던 병사들이 매콤한 고추 생각이 났다.

주간 취침 시간에 자리를 이탈하여 고추밭을 찾아갔다가 고추밭에서 일하고 있던 마을 사람과 마주치면서 서로가 놀라 뛰어온 분대장은 가쁜 숨을 몰아쉬면서 사실대로 나에게 보고했다. 보고를 받은 나는 멍하니 아무 생각이 나지 않았다.

우리는 지금 적진 깊숙이 들어와 있고, 만일 적들이 우리 위치를 알고 퇴로를 차단하고 공격해 들어오면 빠져나갈 길이 없어 큰 문제가 될 수 있다는 생각에 서둘러 이곳에서 철수해야겠다고 중대장에게 사실대로 보고하자, 즉시 서둘러 철수 준비를 하라는 승낙을 받고 준비 중에 청천벽력같은 지시가 떨어졌다.

예정에 없는 긴급 철수 상황으로 헬기 지원이 불가하니 1번 도로변으로 이동, 그곳에서 차량 지원을 받아 철수하라는 명령이었다.

해가 지기 전에 능선을 따라 정숙을 유지하면서 최대한 빠른 시간 내에 이 지역을 빠져나가야 되니 화기 분대장은 나를 따르고 선임하사가 맨 뒤에서 낙오자 없도록 관심을 갖고 뒤따라오도록 편성하여 출발하였다.

고추 따러 무단이탈하여 문제를 야기시킨 병사들의 불안한 마음을 안심시켜 주어야겠다는 생각에서 두 사람을 불러 아무 걱정하지 마라. 소대원을 위한 일이었는데 소대장이 책임질 테니 아무 걱정 말고 무사히 돌아가자고 주위를 환기시켜 주었다. 무척이나 불안해 있던 그들은 얼굴에 화색이 들었다. 다독여 주기를 잘했다는 생각이 들었다.

그러나 철수로로 택한 산등선은 너무나 우거진 정글 속 숲을 헤쳐 나가기에는 정말 힘들었다. 선두에서 정글을 낫으로 겨우 한 사람씩 빠져나갈 수 있는 길을 내고 얼마간 내려오자 물이 흐르는 계곡과 마주쳤다. 천신만고 끝에 대나무 정글을 빠져나온 소대는, 등선 정글보다는 계곡 물길을 따라 내려가기로 결정하고 계곡으로 들어섰다.

그러나 예상치 않게 계곡은 좁고 깊고 낮음은 물론 바닥은 울퉁불퉁하고 물파래가 낀 돌은 미끄럽기까지 해 위험하다는 생각이 들었다. 만일 넘어져 깊은 계곡물에 휩쓸리면 큰일 날 것 같은 생각에 잠시 멈추게 한 뒤, 전 소대원들에게 휴대하고 있는 신호용 로프를 앞뒤 사람과 매게 한 후 서서히 나아갔다. 그러나 계곡 물밑에 깔려 있는 돌이 어찌나 미끄러운지 넘어지고 일어서기를 반복하면서 재촉했으나, 평지에 비해 정글 속 일몰 시간이 빨라 어두워지기 시작했다. 중대장에게 이곳에서 밤을 새우고 날이 밝으면 내려가겠다고 건의했더니 불호령이 떨어졌다.

이곳 지리에 밝은 베트콩들의 습격이 있을 경우를 생각해야 하고, 특히 밤에 갑자기 비가 내리는 날이어서 계곡물이 불어나면 큰일이니 무슨 일이 있어도 서둘러 계곡을 빠져나와야 한단다.

"알겠습니다"라고 뒤를 돌아보니 고추 따러 갔다 문제를 일으킨 장대같이 키 큰 화기 분대장 장길태 하사가 내 뒤에 바짝 다가와 서 있었다. 후미 분대로 따라오도록 임무를 부여했는데 왜 앞으로 왔느냐고 나무라듯 말했더니 정색을 하면서 "소대장님 제가 앞서야겠습니다. 소대장님은 계곡물 깊이를 알 수 없으니 키 큰 제가 앞장서야지요. 소대장님은 체구가 작으시니 제가 앞장서겠습니다."라고 하며 앞장서기 시작했다.

"그래 앞장서라. 내가 네 뒤를 따르겠다."

마음이 든든했다.

얼마간 넘어지고 일어서고를 반복하고 내려와 어렵사리 1번 도로에 도착했다. 계곡 입구에서 기다리는 중대장님과 우리를 수송할 차량이 대기하고 있었고, 고생했다는 퉁명스러운 한마디 외에는 기지에 도착 후 책임을 묻겠다는 인상뿐이었다.

1주간 장기 매복 임무를 띠고 투입된 지 3일 만에 실패하고 돌아와 엄청난 꾸중을 들었으나, 베트콩이든 민간인이든 그곳에서 밭농사를 짓고 있다는 귀중한 정보를 얻은 것으로 만족해야 했다.

매복 작전 중 큰 잘못을 저지른 분대장에게 꾸중과 처벌을 운운하지 않고, 소대장이 책임질 거라는 위로에 보답으로 소대장을 위해서 위험한 깊은 계곡 물속으로 앞장서 주었던 장 하사가 지금은 어디서 무엇을 하고 있는지…. 그때의 모습이 지금도 눈앞에 선하고 정말 한번 만나 두 손을 꼭 잡고 그날을 회상하며 이야기하고 싶다.

정글에서 앞장선 장 하사와 철수 대기 차량

작전 투입 전 살생을 말아야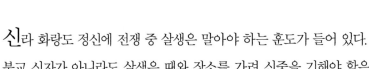

신라 화랑도 정신에 전쟁 중 살생은 말아야 하는 훈도가 들어 있다.

불교 신자가 아니라도 살생은 때와 장소를 가려 신중을 기해야 함은 물론이다. 더욱이 주요 작전을 앞에 두고는 더더욱 지켜야 할 법도이기 도 한 것 같다.

옛날 시골집 담장에는 심심찮게 구렁이가 담을 넘어 집 안으로 들어오 면 맞아들이고, 담을 넘어나가면 집안에 복이 나갔다고 걱정하고 사시는 어르신들의 믿음을 보고 살아왔다.

씨레이숀 통조림 김치에 쌀밥 점심을 먹으며 건너다보이는 봉노베이 항구에 정박해 있는 상선이 한가롭게 보이면서 살포시 고향 생각에 젖어 있었다.

헌데 갑자기 쫓고 쫓기는 병사들의 요란한 소리가 들렸다. 왜 이리 시끄러울까? 또 장난 좋아하는 병사들이 도마뱀을 잡아서 옷 속에 넣어주고 놀라게 하는 모양이거니 생각하고 밖으로 나왔다.

내 생각과 다르게 탄통을 들고 도망가는 박 병장, 그 뒤를 쫓는 김 하사의 행동이 장난기가 보이면서도 무엇인가 호감이 갔다.

"야 김 하사, 탄통에 뭐가 들어 있길래 그래. 그 안에 핀 빠진 수류탄이라도 들어 있는 것 아니냐?"

"소대장님 뱀이 들어 있습니다. 박 병장이 구렁이를 잡아서 탄통에 넣고 끓였습니다. 같이 나누어 먹자고 하니까 혼자 먹겠다고 합니다"

"무슨 소리, 구렁이를 잡아서 탄통에 끓였다는 게 말이나 되나 박 병장"이라고 소리쳐 불렀다.

헐레벌떡 달려온 박 병장에게 "어디서 구렁이를 잡았나?"라고 묻자 "탄약고 앞에서 잡았습니다"라고 했다.

"그럼 쫓아버리지 않고 왜 이렇게 엄청난 짓을 했나? 당장 탄약고 옆에 묻어 주어라. 아니 이리 가져와. 야전삽 하고"

나는 탄약고 옆을 깊게 파고 삶은 구렁이를 묻고 묵념했다.

무지한 인간들을 용서해 달라고 박 병장에게도 묵념을 시키고 미안한 생각을 갖도록 주의를 주었다. 어쨌든 찜찜한 생각이 들었다. 집 안에 있던 업동이를 이렇게 무참하게 만들었으니....

그런 일이 있은 3일 후, 나는 미군 부대 장거리 통신단 경계 근무 교대 차 높은 고지로 이동했다. 1개월 단위로 미군 통신단 외곽 경계 근무로 매복 근무나 수색 작전 근무보다는 휴양지 생활이라 할 수 있다.

근무에 투입되고 약 1주가 지났다. 중대에서 연락이 왔다.

"혼바산 작전에 투입된다. 현 경계 근무는 타 중대 병력이 올라가고 있으니 즉시 출동 준비해서 헬기로 이동하라"라는 급전이었다.

그 시간이 점심 먹은 늦은 시간이었다. 급히 작전 투입 배낭을 꾸려 통신단 정문 밖에 위치한 헬기장에서 대기했다. 천 고지가 넘는 높은 고산지대라 일기가 매우 변동이 심했다. 갑자기 구름이 끼고 소나기가 내리기도 하고, 예측할 수 없는 날씨가 항상 반복되는 지역이다.

헬기장에서 대기하고 기다려도 헬기가 오지 않았다. 조바심에 중대에 연락했더니 미군 헬기 지원이 지연되고 있다고 잠시만 기다리면 될 것이라고 했다.

순간 헬기 소리가 났다. 탑승 준비 상태로 대기하였으나 헬기가 착륙하지 않고 상공을 배회하기만 했다. 이유인즉 헬기장 주변에 안개가 짙게 깔려 있으니 착륙을 못 하는 모양이었다.

헬기장 주변을 몇 회 선회하고 난 뒤 통신단 아래쪽에 위치한 중대 헬기장 방향으로 날아가 버렸다. 그때 중대장으로부터 연락이 왔다.

"안개 때문에 통신단 헬기장 착륙이 불가능하니 즉시 중대 헬기장으로 내려와라"라고 무전이 왔다.

이때가 오후 늦은 시간이었다. 아무리 빨리 이동해도 삼십 분 이상 걸리는 거리다. 자주 비가 와서 도로가 젖어 있고 걷기도 불편하고 이동 시간도 많이 걸릴 것이라고 생각하고 급히 이동하기 시작했다.

중대 본부 및 타 소대는 혼바산 작전 지역의 헬기 이동이 마무리된 상태에서 마지막으로 우리 소대를 이동시키기 위해 그 헬기에 중대장과 무전병과 전령 등이 함께 타고 우리가 도착하기를 기다리고 있었다.

그런데 헬기 조종사가 작전 지원 시간이 17시까지이니 그때까지 소대가 도착하지 않으면 지원을 취소하고 자기 기지로 돌아가야 한다는 것이다.

중대장에게서 급하게 독촉이 왔다. 빨리 뛰어 이동하라고 최선을 다해 뛰었으나 완전 무장을 한 상태로 뛰어서 이동한다는 것은 한계가 있었다. 아무리 빨리 도착하려고 노력했으나 미군 헬기 지원 시간까지 도착할 수 없었고, 미군 헬기는 중대장 등을 태운 채 이륙하고 말았다. 이륙하면서 중대장으로부터 연락이 왔다.

"지원 시간이 넘어 오늘은 이동할 수 없으니 중대에서 대기하고, 내일 헬기 지원을 받아 이동시킬 것이다"라는 교신이 중대장과의 마지막 대화가 된 것이다. 헬기가 떠난 한참 뒤에야 중대에 도착하여 중대에서 숙영 준비를 하고 있던 차에 작전 지역에 있던 부중대장에게서 연락이 왔다. "언제쯤 헬기가 출발했나? 소대가 왜 헬기에 탑승하지 못했나?"라고 물어왔다.

"통신단 고지 헬기장엔 안개 때문에 착륙하지 못하고 중대 본부 헬기장에 착륙한 헬기가 우리를 기다리지 못하고 이륙하였습니다."라고 답하자 중대장님이 탄 헬기가 너무 늦어 혼바산 작전 지역으로 오지 못하고 투이호아 미군 부대로 가고 있다는 중대장 연락이 있은 후 연락이 두절되었다는 것이다.

다음 날 미군 헬기를 지원받아 작전 지역으로 투입될 것으로 생각하고 있었는데 어젯밤 중대장이 타고 간 헬기가 행방불명되어 헬기를 찾기 위한 미군 수색 작전이 진행되고 우리는 작전 지역 투입이 취소되고 이미 작전 지역에 투입된 중대원 모두가 중대 기지로 철수했다.

나는 며칠 전 뱀 사건과 연관은 없는 것인지 자꾸 연관 지어지는 생각은 버릴 수가 없었다. 정글 숲 어딘가 불시착하여 무사하기만을 기대했으나, 며칠간 계속된 미군 헬기 수색 작전에서도 찾지 못해 행방불명 처리되었다는 소식을 접하게 된 불행을 경험하기도 했다.

운명을 갈라놓은 임무 교대

오늘도 스콜(열대성 소나기)이 내린 오후, 오랜만에 가지는 휴식을 뒤로하고 다음 작전을 위해 소대원들에게 장비 정비를 지시하고 잠시 긴장을 풀고 오침에 들었다. 나는 꿈에서 소대원들과 함께 밀림 지역을 수색하고 있었다. 선봉에 선 나는 커다란 통나무 사이에서 큰 산 거북이가 내 앞에 뚝 떨어져 으악 하면서 소리를 지르자, 소대장님! 소대장님! 하면서 당번병이 나를 깨우고 있었다.

"소대장님 주무시는데 죄송합니다. 그런데 말입니다, 중대 본부에서 작전 회의 있다고 지금 회의실로 오시라고 합니다."

나는 바로 중대장실 회의에 참석해 매복 작전을 위한 작전 일정의 설명을 들었다. 오늘 밤 우리 소대가 매복을 나가야 되는 일정이었다. 나는 아까 꿈을 꾸고 기분이 묘해 중대장님에게 일정을 조정해 달라는 이야기를 막 하려고 하는데....

2소대장 박궁 소위가 나에게 "어이 나랑 이번에 순서 좀 바꿔 주라. 너는 매번 시원할 때만 나가냐? 난 맨날 낮에만 나가서 힘들고 더워 죽겠다."라고 하면서 주야 매복 근무를 바꿔 달라고 중대장님께 건의했다.

물론 주간 매복 작전이 힘들기는 하지만, 꿈도 그렇고 해서 흔쾌히 주야 매복 근무를 바꿔 주겠다고 하자, 중대장도 허락해 주었다.

하지만 주야 매복을 바꾼 우리의 운명은 너무나도 가혹하게 달라졌다.

그날, 2소대 박궁 소위와 소대원들은 야간 매복 지역에 들어가다가 베트콩과 정면으로 부딪히는 큰 홍역을 내 대신 치르게 되면서 소대장이 큰 부상을 당하고, 다소의 부상자를 낸 실패한 작전을 치르게 되었다.

그때 일을 생각하면 항상 주어진 대로 충실하려고 노력하는 것이 나에게 도움이 되는 것이지, 좋고 나쁜 유불리 조건을 따져 흐르는 물줄기를 막아 억지로 되돌리는 것은 바람직하지 못한 것이라는 좋은 교훈을 갖게 한 계기가 되었다.

서투른 월남어 통역

백마부대 소대장으로 정글 작전에 익숙해지기도 전에 대대 단위에 월남어 통역 장교 필요에 따라 사단 월남어 교육대에 입교했다.

사단 월남어 교육대장은 김성조 대위이고 현지 월남어 실습 선생은 꼬얀 여자 선생으로 오전에는 교육대장 교육으로, 오후에는 발음 연습을 포함한 실습 교육으로 실시되었다.

3개월간 교육을 끝내면 소대장으로 근무하면서 포로 획득 시 심문하는 통역을 맡아야 했다. 월남어 교육은 3개월로, 2개월은 월남어 선생님의 기초와 말하기 실습 교육을 반복한다. 그 후 1개월은 마을 현지 주민들과 의사소통 실습을 한다.

처음 마을 주민들과 접촉은 퍽 힘들었다. 실습 나갈 때도 총을 메고 단독 무장하고 나가니 선뜻 나서서 대화에 응하려 하지 않는다. 특히 외간남자와 말하는 것이 허용되지 않은 풍습으로 여자들은 피해서 도망간다.

가지고 나간 씨레이손을 주면서 접근, 너희 나라 말을 배우기 위해 왔다고 해도 별로다. 힘들었지만 재미있고 추억이 쌓인 실습이었다. 3개월 교육 수료 후 다시 정글 작전 부대 소대장으로 복귀했다.

즐겁고 편안하기만 한 3개월의 교육 기간은 쏜살같이 지나갔고, 다시 시작된 소대장 생활은 처음보다 훨씬 더 힘들다는 생각이 들었다.

교육대에서 졸업할 때 매일 30분 이상은 교재를 들고 반복 연습하지 않으면 금방 잊어버린다는 주의 및 당부 사항은 기억하고 있었지만, 한 번도 해 볼 만한 마음의 여유가 없었다. 반복되는 밀림 수색 작전과 야간 매복 작전은 적과 접촉 없이 무사하기만을 바라는 마음과 항상 향수에 젖어 있는 병사들의 주변을 살피는 것 외에는 다른 데 신경을 쓸 수 없었다.

그렇게 월남어에 월 자도 잊고 지낸 지가 오래된 듯싶은데 중대장님 호출을 받고 무슨 일인가 하고 중대실로 갔다. 들어서자마자 내일이 추석 명절날이라고 우리 부대 관할 성장이 대대에 위문 방문을 오니 맞이하고 통역을 해야 한다고 했다. 뜻하지 않은 지시에 놀라 나는 포로 심문 과정에 심문 정도 통역이지 일반적인 통역은 할 능력도 해 보지도 않아 할 수 없을 것 같다고 했다.

그러나 대대에 월남어 교육대 수료자는 너밖에 없으니 당연히 책임지고 해야 한다는 것이다. 내일 수색 작전 나가지 말고 통역 준비 잘해서 실수 없도록 하라고 했다.

앞이 캄캄했다. 중대장실에서 나와 붕노배이항이 내려다보이는 야전 의자에 털석 주저앉았다. 월남말을 얼마나 알아듣고 답할 수 있을까. 교육대에서 마을 실습할 때 고작 주고받는 이야기는 '안녕하십니까' '밥 먹었습니까' 정도 외에는 특별히 익혀 통역을 할 만큼 배우지도 못했다. 하여간 주어진 일이니 해 볼 때까지 해 봐야지 마음을 고쳐 먹고 팽개쳐 놓은 월남어 교재를 들고 인사말부터 연습했다.

방문 예정 시간에 맞춰 대대 상황실로 갔다. 인사 장교가 잠깐 왔다 갈 것이니 너무 부담 갖지 말라고 했다. 다소 마음이 안정되었다. 바로 성장이 도착했다. 차에서 내린 성장을 바라보고 "반갑습니다. 찾아주셔서 감사합니다. 이분이 대대장입니다."

여기까지는 연습하고 익혀 놓았기 때문에 그런대로 잘했다.

그다음 대대장 실로 안내해야 하는데 무어라 할지 한마디도 생각이 나지 않아 손으로 따라오라는 식으로 손짓을 했다. 눈치로 알아차리고 따라왔다. 대대장실 의자에 앉았다. "저는 월남어를 잘 못합니다."라고 말하자 따봉 따봉 하면서 웃어 주어 정말 감사했다.

그리고 나에게 뭐라 질문을 했는데 알아들을 수가 없었다. 멍하니 바라보고 서 있다가 미안합니다. 제가 더 이상 알아들을 수가 없다고 하자 더 이상 묻지 않고 끝났다. 월남 성장은 영어를 잘한 것 같았다. 그러나 전혀 영어를 쓰지 않는다는 것을 알았다. 잠시 머물렀다가 일어섰다. 와 주셔서 고맙습니다. 안녕히 가십시오. 그렇게 통역은 끝났다. 지옥을 갔다 온 기분이었다.

그때 해야 할 말을 제대로 했는지, 무슨 말을 했는지, 전혀 기억이 나지 않았다. 분명 엉터리 통역을 했을 것으로 생각하니 부끄러운 생각이 들었으나 그래도 손님을 맞이할 수 있었던 용기는 있었으니 다행이었다.
그때 부대를 위문 방문 온 성장은 어떻게 생각했을까? 영어를 할 줄 아느냐고 물으니 꽁꽁 전혀 모른다고 했다. 거의 영어 생활권의 성장이 영어를 모를 리 없는데 모른다고 한 이유를 그때는 이해할 수 없었으나 월남 패망 후 조금은 이해할 수 있을 것 같았다.

어렵게 공부한 그때를 생각해서 계속 월남어를 공부했어야 했는데 귀국 후 군 보직이 공부할 만한 여유를 갖지 못했을 뿐만 아니라 그 당시

에는 월남어의 필요성을 느끼지 못해 방심하다 보니 지금은 월남어 교
육대를 수료했다는 경력으로만 남아 있다.

월남어 교육 수강

귀국 선박에 오르다

갑작스러운 귀국 명령을 받고 당황스러웠다. 통상 1년 근무인 줄 알
고 있었는데 11개월만에 귀국 명령이 났기 때문이었다.
후임 소대장이 도착하지 않아 부중대장에게 소대 현황을 인계했다.

귀국 당일 지원된 헬기를 타고 중대를 출발할 때 손을 흔들어주는 중
대원 모두에게 무사히 잘 있다가 귀국하길 바란다고 머리 숙여 기도하

는 순간 작전 중 헬기 추락 사고로 행방불명이 되신 중대장님 모습이 떠오르면서 죄송스러운 마음에 울컥했다.

　전투 경험을 쌓고 귀국선에 오른 감정은 묘했다. 부산항을 출발할 때는 전쟁터에서 소위는 가장 위험한 총알받이 소모품이라 했는데 살아서 귀국선에 오르니 만감이 교차했다.

　내가 파병되던 날, 청량리역 수많은 환송 인파 속에서 달려나와 나에게 "무사히 잘 다녀오세요"라고 하면서 목에 걸어주었던 무명실 타래 여인을 꼭 만나 보고 싶어 귀국 명령을 받은 날 귀국 제대 명칭과 부산항 도착 예정 날짜를 적어 꼭 마중 나와 달라는 편지를 보냈으니 만날 수도 있다는 기대감을 갖고 흥분된 마음으로 십 일간의 선상 생활을 했다.

　이런저런 생각에 잠겨 있는데 3시간 후면 부산항에 도착한다는 안내 방송이 나왔다. 부산항 선착장에는 환영 현수막이 나부끼고, 스피커에서는 군가가 울려 퍼지는 가운데 환영 인파로 가득했다.

　환영객이 잘 보이는 위치에서 나를 찾는 현수막을 찾았고 환영객 사이를 돌면서 살폈으나 보이지 않았다. 만났다면 생사의 갈림길에 설 때마다 나에게 힘과 믿음을 준 덕분에 이렇게 살아 돌아올 수 있었다고 체면 가리지 않고 덥석 안아주고 싶었는데, 답신을 주지 않은 사람이 나올 리 없다고 생각은 했지만 너무 허전하고 섭섭했다.

　수일 후 내 마음과 꼭 주고 싶었던 선물을 가지고 주소지를 찾아갔으나 안미경 씨는 끝내 찾을 수가 없었다. 생면부지인 그 여인은 생사를 무릅쓰고 이국 만 리 전쟁터로 떠난 남정네를 그냥 보낼 수 없어 무사 귀환을 염원하면서 내게 걸어 준 무명실 타래(목화로 만든 우리 고유의 실)덕분에 오늘에 내가 이렇게 살아 돌아올 수 있게 한 그녀의 깊고 깊은 마음에 감사의 뜻을 잊을 수가 없다.

특히 7월이 오면 험준한 밀림 작전과 정말 이겨 내기 힘들었던 야간 매복 작전 속에서도 실타래에 대한 믿음으로 이를 이겨 낸 추억들이 잊히지 않고 아련한 그 여인의 모습과 함께 생생하게 떠오른다.

'만일 지금이라도 만날 수만 있다면 그 깊은 뜻을 간직한 선물을 나에게 안겨 준 그녀를 꼭 끌어안고 정말 고마웠고, 보고 싶었고, 지금 이 순간까지 잊지 않고 평생 은인으로 기억하면서 살아왔고, 또 살아갈 거라고 말해 줄 수 있는 기회가 주어진다면 얼마나 좋을까?' 생각 하면서 살아왔다.

귀국선 화물선 앞에 서서

3부

내 조국 내가 지켜야 할 명령을 받고

내 조국 내가 지켜야 할 명령을 받고

1968. 1. 21. 김신조 무장 공비 31명이 청와대 기습을 목적으로 서울 세검정 고개까지 침투한 사건으로, 참으로 온 국민을 놀라게 했다.

이 무렵 나는 무덥고 험준한 밀림과 피아彼我를 구분하기 어려운 촌락 작전 등에서 무사히 임무를 마치고 부산항에 도착, 귀국 신고를 하고 1주간의 휴가를 보내고, 101 보충대에 신고하니 충북 증평 37사단 제2 전투 대대 요원으로 명령이 나 있었다.

전투부대 창설은 휴전선 전방에 전투력 집중 배치에 따른 후방 지역 전투부대 부재로 이들 무장 공비에 대한 즉각적인 대응 대책 일환으로 후방 예비사단에 월남 참전 전투 경험자들을 우선으로 충원 전투대대 창설을 진행 중이었다.

나는 이곳 창설 요원으로 보직을 받고 2년여 동안 대대 참모직을 두루 거쳐 대위로 진급과 동시에 중대장으로 임명되면서 무장 간첩 은신 예상 지역을 대상으로 충북 지역의 크고 작은 험준한 산악 및 오지奧

地 지역과 서해 오도西海五島 유유有·무무無인도人島를 샅샅이 수색하여 무장 간첩이 침투 후 은신 가능한 지역이 될 수도 있는지 여부와 산세 및 지형을 요도화해 보고하는 주요 작전 지휘관으로 많은 작전을 경험했다.

내륙 산악 지역 수색

충북 내륙 산악 지역과 깊은 산골 촌락 등을 대상으로 무장 간첩이 침투 은거 가능 여부를 판단하기 위해 충북 음성군 소재 오대산(409M), 가막산(485M) 등 깊고 험준한 산을 수색했다.

아울러 민가에서 멀리 떨어진 오지 마을 주민들을 대상으로 무장 간첩 침투 시 대처 요령과 군경에 신고 요령 등을 교육했다. 지금처럼 통신 수단이 없어 신속한 도보에 의한 신고처로 가장 가까운 군경 초소를 알려주는 데 그쳤다.

제2 전투 대대 작전 지역인 충남·북 내륙 지역의 산은 산세가 높고 가팔라서 능선을 제외하고는 비교적 접근하기 어려운 산세로 무장간첩들이 은밀히 침투 은거하는 데에는 극히 제한적일 수밖에 없다는 판단하에 약 2주간에 걸친 내륙 지역 수색 작전을 마무리했다.

서해 5도五島 수색 작전

내륙 지역 수색을 마치고 중대는 장항 어업 지도선과 민간 선박 등을 이용해 서해西海 유·무인도有無人島 수색을 하면서 무인도에는 물이 있는지, 그 섬에 사람이 살 수 있는 지역인지 등을 알아보는 작전이었다.

그 많은 섬 중에서 해당 지역 수색 작전을 위해 아침 일찍 서둘러 출발했다. 먼 거리에 위치한 무인도를 수색해야 하는 날이기 때문이다. 섬 지역 날씨는 변동이 심하다는 걸 알고 있던 탓인지 오늘 아침 날씨는 유난히 좋았다. 잔잔한 먼 바다 위 수평선을 바라보고 서 있는 나는 마치 선장인 양 우쭐해지고 바다를 가르고 나아가는 뱃머리는 힘차게 느껴진 좋은 출발이었다.

국토해양부 집계에 따르면 우리나라의 섬이 무려 3,348여 개가 존재한다고 한다. 이들 섬의 거의가 남해와 서해안에 산재해 있다.

이들 섬을 다 수색한다는 것은 어려운 것으로 대대 작전처에서 지명 하달된 서해안 지역 섬 위주로 작전 지시에서만 실행했다.

어청도 근거리 무인도 수색

3시간 정도 항해 끝에 목적지 섬 근처에 도착했다. 접안接岸하기 어려워서 이곳저곳 이동하다 겨우 접안하게 되어 하선하기 시작했으나 뱃멀미하는 병사들이 있어 잠시 휴식을 취한 뒤 3개 수색 코스로 나누어 출발하기 직전 낭떠러지나 접근하기 어려운 코스는 우회하거나 진출하기 어려우면 즉시 보고토록 하고 안전에 최우선을 두도록 당부한 뒤 출발시켰다.

출발할 때는 청명한 날씨였는데 갑자기 짙은 구름이 끼기 시작했다. 하선할 때 선장이 나에게 앞으로 2~3시간 안에 이곳을 떠나야 한다는 것이다. 물 때를 맞춰야 하고 오후엔 날씨도 좋지 못할 것 같으니 가급적 서둘러 작전을 마치고 돌아갔으면 하는 조언을 듣고 하선해 보니 지형이 너무 험하고 수풀이 하늘을 가려 월남 정글 숲속을 연상케 했다.

앞서 출발한 첨병 소대와 10분 간격을 두고 각자 정해진 방향으로 출발한 지 얼마 되지 않아 앞서 나간 첨병 소대장에게서 첫 무전이 왔다. "사람이 다니지 못할 만큼 좁은 길, 약초 채취하는 사람들이나 지나다닐 정도의 아주 좁은 길 가운데에 큰 황구렁이가 가로막고 있어 지나갈 수가 없습니다. 막대기로 때려도 꿈쩍도 하지 않습니다."
"더 이상 해치지 말고 기다려라. 그곳에서 더 이상 진출하지 말고 기다려라. 내가 가 보겠다."

통신병과 위생병만을 데리고 급히 앞서 가 보니 정말 큰 황금빛 구렁이가 또아리를 틀고 꼼짝도 하지 않았다. 그곳을 지나가려면 구렁이를 옆으로 밀어내든가 숲을 헤치고 옆으로 돌아가야만 했다. 사람이 웅성거리고 막대기로 건드리면 도망가야 할 텐데 이렇게 길을 막고 있는 걸 보니 더 이상 나가지 말라는 것 아닌가 싶었다.

그래. 오늘 작전은 여기서 끝내야겠다 생각하고 타 소대 진출을 알아보니 숲이 너무 울창하고 길이 없어 진출하기가 퍽 힘들다는 것이다. 더욱이 경사가 급하고 지형이 험해 식수 확보도 어려울 것 같은 이 무인도에 사람이 살 수 없다는 생각에 철수를 명했다. 불과 2시간여 만에 작전을 끝내면서 지형 특성상 섬에 선박이 접안接岸하기도 어렵고 식수 확보의 어려움과 평소 사람의 출입 여부 흔적 등 수색 작전에서 요구된 사항은 얻은 셈이었다.

불순한 날씨에 파도까지 심한 탓에 초조해하던 선장이 일찍 하산한 우리를 보고 정말 반가운 표정으로 일기가 갑자기 좋지 않을 것 같아 걱정하고 있었는데 정말 잘하셨다고 하시면서 물 때가 맞지 않아 돌아가는 시간이 예상외로 많이 걸릴 수 있다고 하면서 서둘러 출발했다.

예상했던 대로 2시간 여를 지나 갑자기 먹구름이 끼고 바람이 불기 시작하면서 물살이 거칠어지기 시작했다.

일찍 작전을 끝낸 것이 본연의 임무 수행에 다소 모자란 부분이 있다는 생각이 들기는 했으나, 만일 시간을 끌어서 수색했다가 출발이 늦었다면 처음부터 거친 항해를 당했을 것이고, 이 심한 파도가 무슨 일을 낼 수도 있겠다는 생각에 구렁이에게 고마운 생각이 들었다.

지휘관은 예감과 직감을 받아들여 과감한 결단을 할 수 있는 능력을 갖는 것도 필요할 것 같다는 생각을 하는 동안 선착장에 무사히 도착, 비 내리고 심하게 파도치는 바다를 바라보며 피곤한 몸으로 천막 숙소로 향했다.

격렬激烈비열도 상륙 수색 작전

격렬비열도 해안 암벽 일부

서해 지역 대부분 무인도無人島 수색을 끝으로 최북단에 위치한 휴전선 근거리의 크고 작은 유·무인도有無人島중 유인도인 격렬비열도부터 수색 작전에 임하기로 했다. 그중 격렬비열도는 백령도, 어청도, 가거도와 함께 우리 서쪽을 지키는 섬들 중 하나이다.

격렬비열도는 동, 서, 북 3개의 큰 섬들이 위치해 있고,

이 중, 북격렬비열도 주변에는 옹도, 난도, 병풍도 등 아름다운 크고 작은 많은 섬으로 형성되어 있다. 태안군 안흥항에서 서쪽으로 52km 지점에, 중대 숙영지에서 배로 약 3시간 거리에 위치하고 있는 섬들이다.

이들 중 우리 중대는 대대 작전 과장으로부터 북격렬비열도 수색을 명받고 수색 작전에 임하기 전날 이곳 지형 특성과 수색에 주안점을 두고 안전 유의 상황 등 조목조목 철저하게 교육을 받았다.

이곳 북격렬비열도에는 유일하게 등대가 세워져 있고, 관리원이 근무하고 있는 휴전선에 거의 근접하고 있는 섬으로 군사 요충 지역이자 우리나라 서해 최북단 서해 기준 섬으로 북격렬비열도가 갖는 의미는 매우 크다고 했다.

다음 날 소형 선박이 한 채 추가되고 아침 일찍 출항했다. 장거리 운항이고, 작전 지역 특성을 고려하여 일기 예보를 중시하면서 아침 일찍 출항했다.

청명한 날씨에 바다가 잔잔하여 예정보다 이른 시간에 목적지 섬 부근에 이르러 설레는 마음으로 하선 준비를 하고 대기했으나 섬 주변을 배회할 뿐이었다. 답답하여 선장실로 올라갔다.

소형 선박 접안 시설이 돼 있을 뿐 중대형 접안은 어려워 소형 선박으로 옮겨 타고 하선해야만 된다고 했다.

날씨는 좋고 바다도 잔잔한데 바위로 형성된 해안에 부딪히는 파고波高가 높아 어렵사리 소형 선박으로 옮겨 태워 하선을 끝내고 소대별로 분담 섬 지역을 수색하기 시작했다.

나는 소로小路를 따라 섬 꼭대기에 위치한 등대로 올라갔다.

등대 관리 근무자가 나와 정말 반가이 맞이하면서 1개월에 한 번 주·부식 배송 근무자를 볼 뿐, 군인을 본다는 것이 정말 반갑고 신기하다는 것이다. 우선 이곳 근무자들의 신분은 공무원들이고 이 중 한 분은 한적한 이곳에서 쉬엄쉬엄 공부하기 위해 자원해서 왔다고 했다.

이 섬 특성을 알려 달라고 하자, 우선 식수 해결을 위해 섬 꼭대기 평평한 부분에 깊은 우물을 파고 주변을 깔때기 모양으로 포장해 비가 오면 이곳으로 빗물이 흘러 들어가게 했다. 식수를 비롯한 생활용수로 사용하고 있으며, 이곳은 민간인이 접근할 수도, 들어 올 수도 없어 야생화와 희귀 식물들이 섬 주변에 서식하고 있고, 여기에 보기 드문 후박 동백이 상록 수림을 형성하고 있다고 했다.

이 섬 주변 해안은 멸치잡이 3대 어장이라고 이 섬의 특징을 설명해 주고, 지루한 시간에 틈틈이 낚시로 잡아 말렸다는 생선들을 배낭 속에 가득 채워 주면서 몇 사람만이라도 이곳에 상주해 줄 수는 없느냐고 헤어짐을 무척이나 아쉬워하면서 자주 와 주었으면 좋겠다고 했다.

이곳 섬들의 특색은 민간인 출입이 철저히 통제되었고, 깊은 숲과 암벽으로 둘러싸여 접근 상륙하기 어렵고, 설사 몰래 스며든다 해도 식수를 구할 수 없어 은신처 마련하기가 힘든 곳으로 판단하고 격렬비렬도 수색을 마무리했다.

약 3주간 실시한 작전에서 얻은 것은 유有·무無인도島의 공통점은 어디 가나 숲이 우거져 수색하기가 어렵고, 더욱이 무인도는 선박 접근이 어려워 하선하기도 어려울 뿐 아니라, 지형이 험하고 가팔라서 식수 확보가 어려워 사람이 은거하거나 생활하기 쉽지 않다는 내 나름대로의 결론을 얻었다.

수색 작전을 하는 동안 사람이 사는 어느 섬에 가나 모든 섬 주민이 뛰어나와 완전 군장을 한 처음 보는 군인들을 반기는 모습과 우리를 대하는 인심은 정말 놀라웠다. 고구마를 삶아 한 바구니씩 가지고 오는가 하면, 잡은 생선을 큰 물통에 담아 리어커에 싣고 오던 인심 좋고 소박한 그때 섬 주민들의 모습을 잊을 수가 없다.

서해안 간첩 침투 경계 담당 지휘관

서해안 유·무인도 섬 수색 작전을 끝내고 서해안 방어 투입 준비 교육
이 시작되었다. 지금까지 경험하지 못한 원거리 해안 관측 레이더, 야간
관측 장비인 제논 서치라이트, 선박 소대, 관리 운영 등 1주간의 합동 근
무를 통해 인수받았다.

1년여 동안 경계 근무를 하는 동안 지휘관으로서 겪었던 시련과 경험
은 군 생활 내내 큰 기여가 되었다.

그보다는 국방부 장관 지휘 서신 1호 위반으로 군법 회의에 회부되어
처벌받고 불명예 전역을 당할 수 있는 엄청난 큰 사건에서 면책 받고 군
생활을 지속할 수 있게 된 사건을 잊을 수가 없다.

선박 소대 관리 운영

가장 관심을 가져야 할 부분은 선박 소대 운영으로 해안선에서 떨어진 섬 주변에 접근 선박 위에서 괴선박 침투 여부를 감시하는 초소 역할을 하는 중요한 근무 형태다. 파도가 극히 심하지 않은 날은 빠지지 않고 운영되는 근무 초소이기에 관심을 갖고 인수받아 근무 사항을 관찰해 본 결과 아주 작은 통통배에 5명 1개 조로 승선, 잠복 근무에 들어가면 엔진을 끄고 정숙을 유지하면서 밤을 새워야 한다. 무전기는 기상 사항이나 괴선박 출현 등에 대비하기 위해서는 상시 중대 OP와 대기 상태에 있어야 한다.

출항 시 군장 검사에서 반드시 확인해야 하는 필수 항목은 구명조끼 착용 상태이며 부수적으로는 적어도 두서너 개 소변용 페트병 휴대 여부다. 이는 근무 중 소변을 보기 위해 흔들리는 좁은 선상 위에 설 수가 없으니 앉아서 처리할 필수용 휴대품이다.

군장 검사 시 필수적으로 착용 여부를 확인하는 중요한 구명조끼를 출항하자마자 벗어 버린다는 것을 알고 선박 소대 요원 교육 시마다 어두운 밤에 갑작스러운 상황 발생으로 조끼를 입어야 할 때 채 입지 못하고 차가운 바다에 떨어진다면 상상하기 어려운 불행한 상황이 발생할 수 있음을 강조해 왔으나 시정되지 않았다.

이를 시정할 수 있는 방안을 고민 끝에 야전 상의 내피를 제거하게 되면 보온이 떨어지기 때문에 추위를 피하기 위해서 내피 대신 구명조끼를 입을 수밖에 없을 것이라고 생각, 군장 검사 시 야전 상의 내피를 제거하고 구명조끼를 착용시키도록 선박 소대장에게 지시했다.

처음에는 소대원들의 다소 불평이 있었으나 안전 조치를 강조하는 지시에 따를 수밖에 없었는지, 그 후부터 구명조끼를 피복처럼 착용하는 것을 보고 항상 걱정되던 선박 소대 안전 문제에 마음을 놓을 수 있었다.

레이다 기지 운영

70년대 초반 북괴군 고속정 소형 선박이 동서 남해안으로 무장 간첩 및 고정 간첩을 침투 남파시키기 위해 기상이 좋지 못한 야간에 수시로 침투하는 것을 조기 발견하기 위해 원거리 탐지용 레이더 기지를 설치, 운영하고 있었다.

중대로부터 멀리 떨어져 있는 이곳 근무병들이 무단이탈하여 종종 민원을 야기시키는 등 통제하기 어려운 기지로 몇 개월을 지냈다.

원거리에 위치한 레이더 기지장으로 관측 자료 분석 특기자인 병장으로 관측소를 관리 운영하고 있어 병장급으로는 기지 장비 및 근무병 관리에 문제점이 많았으나 분석 능력 하사관이 없었다.

대대에 요청해도 특기병을 보충 받을 수 없어 중대 내에서 성실한 장기 하사를 기지장으로 임명, 합동 근무를 하면서 배우도록 조치한 결과, 약 3개월만에 탐지 및 분석 기술을 터득한 하사관으로 하여금 관리토록 조치함으로써 바로 레이더 기지를 정상화시켜 레이더 기지 본연의 임무를 정상화했다.

이 같은 조치는 좋은 사례로 유사한 환경에 처한 부대에 본보기가 되어 좋은 사례로 평가된 것으로, 지휘관은 항상 부대 관리에 끝없는 관심과 문제점을 파악해서 개선하려고 노력함으로써 부대의 발전과 자신의 능력을 쌓게 되고 상급 지휘관에게 인정받게 되는 것이다.

그렇게 걱정되던 레이더 기지는 본연의 임무 수행에 아무런 문제 없이 함께할 수 있었던 것은 지금 생각하면 초급 지휘관으로서 정말 잘 처리한 소신 있는 지휘 조치였다고 자부하고 있다.

분·소대 단위 부대 운영

괴선박 침투 예상 취약 지역 초소에 배치된 제논 서치라이트 운영 및 안전 관리 문제는 어떻게 해야 할지 도무지 생각이 떠오르지 않았다 초소를 방문할 때마다 초소 내 가장 놓은 곳 바닷가에 근접하여 주차시켜 운영되고 있는 차량을 볼 때마다 만일 운전병 실수로 기어를 잘못 넣고 액셀러레이터라도 잘못 밟으면 천 길 절벽 바다로 떨어질 수 있다는 생각에 항상 불안하고 걱정이 됐다.

월말 전역자 면담이 끝나고 출발 직전 서치라이트 운영 초소에 근무했던 전역자가 "말씀드리지 않고 가려고 했는데 이것만은 중대장님께 꼭 말씀드리고 가야 할 것 같아서..."라고 하면서 분초장이 서치라이트 차량을 해변가로 끌고 내려가 운전 연습을 한다는 것이다.

바닷물이 빠지는 간조 시간대에 모래사장 끝부분 지역이 단단해 운전하기 좋은 도로로 변해 이때마다 분초장이 위험하고 좁은 분초 차도를 따라 내려가 운전 연습을 한다는 것이다.

전역 신고자는 절대 자기가 말했다는 것을 비밀로 해 달라는 것과 지난 일을 추궁하지 말고 불시에 분초를 방문 점검을 통해 예방하면 될 거라는 당부까지 했다.

다음 날 초소를 방문, 어떻게 하면 될까 여러 방안을 고민하고 생각하던 중 "그래, 차를 움직일 수 없도록 고정하거나 움직일 경우 흔적이 남을 수 있는 방안을 찾아야겠다고 마음먹고 차량 옆에 말목을 박고 밧줄로 묶는 방안과 차량 앞바퀴 하나를 제거하고 돌로 고이는 방법 등을 생각하였다. 만일 갑자기 차량을 이동시킬 일이 발생하면 문제가 될 것 같아 생각하던 중 초소 한쪽 간이 휴게소에 통나무를 잘라 의자 대용으로 놓아둔 것을 보고 '옳지 이거다. 자키로 차를 들어올려 이 통나무 의자를 네 바퀴 밑에 고이면 되겠다.'는 생각이 번쩍 들어 초소장을 불러 차에 자키를 꺼내게 하고 통나무 길이를 40Cm 정도 잘라서 자키를 이용, 차량 한 쪽씩 올렸다. 통나무를 네 바퀴에 고여 차가 땅에 닿지 않고 공중에 떠 있게 했다. 오작동에 의한 안전사고 예방은 물론, 소초장이 차량을 몰래 움직일 수 없게 만들었다. 이를 지켜 본 분초장은 자기가 중대장 몰래 차를 움직였다는 것을 알았다는 눈치였다.

차량 작동이 서투른 병사가 기어를 잘못 넣고 시동을 걸 때 일어날 수 있는 예방 차원에서 조치한 것이니 어떤 경우든 중대장 승인 없이 바퀴 밑에 고인 나무통을 제거해선 안 된다고 교육한 후 중대에 돌아와 부중대장에게 각 초소에 배치된 서치라이트 차량을 내 방식대로 안전 조치를 강구하도록 지시하였다. 며칠 후 점검하도록 하였으니 이제는 안심해도 되리라 생각하고 매주 나가는 전역자 면담 시 서치라이트 차량 관리가 잘되고 있는지를 묻자 별 반응이 없는 초소가 있어 또 다른 문제가 있는가 싶어 다음 날 각 초소 간조(바닷물이 빠져 나간 시간) 시간대에 맞춰 문제가 있어 조치했던 13분초로 향했다.

중대장이 순찰을 떠나면 중대OP 통신병이 소대에 즉각 통보해 준다는 것을 알고 소초에 절대로 통보하지 말라고 당부하고 떠났다. 지금처럼 핸드폰이 있었다면 통제가 어렵겠지만, 그때는 통제가 충분히 가능했다.

높은 언덕 넘어 산꼭대기에 위치한 분초로 올라가니 서치라이트가 있어야 할 방호벽 안에 차량은 없고 네 바퀴를 받쳐 놓았던 통나무만 덩그러니 놓여 있었다.

초소 근무병이 갑자기 나타난 중대장을 보고 놀라 인사조차 제대로 못 하고 당황해했다.

"제논 차량 어디 갔어?" "소초장은 어디 가고?"라며 묻는 순간, 언덕을 올라오는 요란한 엔진 소리를 내며 소초장이 운전하고 온 제논 차량은 모래가 뒤범벅이 된 정말 말로서 표현할 수 없는 상태였다.

'세상에 이런 일이~ 그렇게 네 바퀴를 들어올려 놓았는데 어떻게 이런 일이'라고 생각하는 순간, 흥분한 상태에서 제논 차량 안전 관리 수칙을 부착해 놓은 간판을 떼어 내고 그 각목으로 소초장을 마구잡이로 때리기 시작했다.

내 힘이 빠져 더 이상 때릴 수 없을 때까지 때리다 힘이 빠져 멈췄다. 분초병들이 모두 뛰어나와 이 광경을 보고 어찌할 바를 모르고 서 있었다. 이들 전원을 '엎드려뻗쳐'를 시키고 엉덩이를 때리기 시작했다. 초소병 전원에게 책임을 묻는 차원에서 연대 기합을 준 것이다.

다른 때 같으면 모래사장에서 운전 연습 후 개울에 가서 세차를 하고 왔을 텐데 세차를 하지 못한 상태는 가관이었다. 세차를 해서 차량을 다시 정위치에 위치시키고 다시 한번 교육한 후 중대로 돌아왔다.

깜빡 잊었던 것은 '제논이 제대로 작동되는지 확인했어야 했는데....' 하는 생각을 하면서 중대장실 옆에 마련된 침상에 누워 버렸다. 해안 경계 지휘관은 24시간 영내 대기 상태에서 생활할 수 있도록 되어 있었다. 잠시 쉬고 난 뒤 저녁을 먹으면서 부중대장에게 "오늘 내가 기합을 너무 많이 주고 와서 걱정이 되니 오늘 부중대장이 13분초에 나가 위로도 해 주고 하룻밤 함께 근무해 주시면 하는 생각인데...."라고 말했더니 "잘 생각하셨습니다."라고 하면서 "오늘 하루뿐만 아니라, 분초 요원들이 안정될 때까지 이삼일 함께 근무하겠다."라고 했다. 무척 고마운 말이었다.

제논 서치라이트 차량 고장

분초로 근무 나간 부 중대장이 "큰일났습니다. 제논 차량이 여러 가지로 응급조치 조작을 해도 작동되지 않으니 큰일입니다"라는 것이다. 야간 중요 감시 장비인 제논이 고장이 나면 즉시 상황 보고하고 정비 요청해야 하는데 모래밭에서 무리하게 운전을 해 제논에 모래가 박혀 고장이 난 것 같다는 것이다.

상황 계통으로 정식 보고할 수 없어 일과 시간이 끝난 후 대대 수송관에게 전화해서 좀 도와 달라고 했다.

바로 와서 장비 상태를 점검하고 수송부 자체 능력으로는 정비할 수 없는 상태로 평택 미군 기지로 가서 장비 일부를 해체한 후 모래를 제거해야 된다는 것이다.

정상 보고하게 되면 큰 문제가 될 것이 뻔한 일이고 어떻게 해야 할까 망설이고 있던 차에 수송관이 "중대장님 이런 상태를 보고하게 되면 관리 감독 책임은 물론 지연 보고도 문제가 될 것 같으니 제가 이 제논 차를 평택으로 직접 가지고 가서 수리해 오면 어떻겠습니까"

촌각을 다투는 장비라 정상적인 절차를 위반하고 비용이 들더라도 직접 수송관이 평택 기지로 가서 이상 없이 수리를 해 왔다. 생각보다 비용이 많이 발생했고 수송관이 선처리하고 온 비용이 문제였다. 그래서 우선 집에서 돈을 가져와 해결하고, 인사계를 불러 비용 절반은 차츰 중대 운영비로 충당하고, 나머지 절반은 소초장에게 영창 대신 10개월 분할 변상 조치한다고 통보했으며, 첫달 봉급에서 봉급액의 삼분의 일을 처음으로 공제하고 지불했다.

수류탄 휴대 현지 탈영 사고

그리고 난 며칠 후인 저녁 늦게 소대장으로부터 전화가 왔다. 13분 초장이 오전 10시경에 대천에 볼 일 보러 잠깐 다녀온다고 하고 외출했는데 아직까지 들어오지 않아 더 이상 지체할 수 없어 지금 보고를 드린다고 했다.

왜 이제야 보고하느냐고 묻자 분초원들의 말이 분초장은 가끔 대천에 나가 늦게 들어온 적이 있다고 해서 기다려 보았다는 것이다. 보고받은 순간 이상한 예감이 머리를 스쳐 "그럼 분초요원들은 다 이상 없고, 총기나 다른 장비도 이상 없느냐?"라고 묻자

"예. 제가 지금 분초에 와서 순찰자 전원을 집결해서 파악했는데 인원 장비는 이상 없습니다."

"그럼 소초장이 나갈 때 본 사람이 있는지, 나갈 때 무엇을 가지고 가는 걸 보았는지, 복장은 무엇을 입고 나갔는지 확인해 보아라."라고 지시하고 난 후 전화가 왔다.

야전잠바를 입고 나갔고, 손에 들고 나간 것은 보지 못했으나 야전잠바 주머니에 손을 넣고 바쁜 걸음으로 나가는 것을 보았다는 것이다.

"그럼 수류탄 숫자는 파악, 확인해 보았는가?"

"예 근무자가 가지고 나간 것까지도 다 확인해 보았으니 이상 없습니

다."라고 했다.

"그럼 내가 나가보겠다. 내가 가는 동안 한 개씩 넣어 보관한 수류탄 보관함 상자를 들어 보거나 흔들어 보지만 말고 일일이 뚜껑을 하나씩 열어 보고 내용물을 확인해 보아라."라고 지시하고 이동 중인데 소대장에게서 전화가 왔다.

"큰일 났습니다. 중대장님 지시대로 일일이 뚜껑을 열어 확인해 보니 통 안에 수류탄만 한 돌멩이가 들어 있고 수류탄이 없습니다. 급히 분초에 도착해 보니 사실이었다. 이러쿵저러쿵 따질 시간 없이 대대장에게 보고하고 즉시 상황실에도 보고했다.

보고한 지 얼마 되지 않아 사단 헌병대장에게서 전화가 왔다. 긴박하고 너무 큰 사고라 상황을 직접 자세히 알고 싶다고 했다. 상세한 내용을 알려 주고 전화를 끊었다.

전군 수사관을 긴장시킨 5일

대대장으로부터 전화가 왔다. 당황하지 말고, 분초원들 동요하지 않게 차분하게 관리 잘하고, 소대장을 분초에 위치시키고, 부중대장을 당분간 소대장 근무를 하도록 조치하라는 지시를 받고 난 후 전 분초원들에게 평소 분초장 행동에 특이 사항들이 없었느냐고 물었으나 특이 사항은 없었다고 했다.

나는 분초원들에게 당분간 소대장과 근무 잘하도록 당부하고 중대 본부에 도착하니 연대 담당 보안대장이 와 있었다. 긴급 특급 사항으로 지금 분초장 체포를 위해 전군 군 수사력이 총동원된 긴장 상태라고 했다.

수류탄 탈영 사고는 군뿐만 아니라 사회적으로 큰 문제가 될 수 있을 뿐만 아니라, 얼마 되지 않은 몇 개월 전에 상급자에게 구타당한 앙심으로 경북 안동 극장 내에 신 하사 수류탄 투척 폭발 사건으로 사고 재발 방지를 위한 국방 장관 지휘 서신 1호로 구타 금지 총기 및 수류탄 관리 철저 등 부대 관리에 관심이 깊은 터라 보통 큰일이 난 게 아니라고 걱정했다.

바로 다음 날 새벽에 3관구 사령부 주관 5부(헌병 보안 감찰 인사 군수) 합동 조사반이 도착했다. 중대장을 비롯하여 중대 간부 분초원 전원 모두를 감금 형태로 웅천 읍내 여관 및 여인숙에 분리 수용 조사하기 시작했다.

탈영하게 된 근본 원인 조사를 비롯하여 중대장의 평소 부대 관리 실태, 특히 부식 현지 구매 및 현금 지급 선박 소대 운영 및 유류 소모 실적 증빙 서류 등을 3일간에 걸쳐 이 잡듯이 조사가 이루어졌다.

중대장인 나는 왜 심하게 분초장을 심하게 구타했는지, 정상적인 보고를 거쳐 서치라이트를 수리하지 않고 비공식적인 절차로 수리하고 그 비용 처리는 어떻게 했는지 등 3일간 조사를 하는 동안에도 탈영자는 오리무중 잡혔다는 소식이 없어 그야말로 피가 마르는 심정이었지만 나보다 수사관들이 더 걱정하고 조바심 난 것 같았다.

조사받은 과정에서, 탈영자 김 하사의 사물함에서 발견된 편지 내용이다. 자기가 사고를 쳐 주요 장비를 파손했는데, 영창 가야 할 사안인데도 중대장이 자기 돈을 들여서 처리했으니 중대장에게 돈을 주어야 하니 돈을 좀 보내 달라는 요구 편지를 보냈던 것이다. "잘못했으면 영창에 가야지 돈을 왜 요구하느냐. 돈을 보내줄 수 없다."라는 형의 답장 편지를 받고 중대장만도 못한 형 죽여 버리겠다는 편지를 찾아냈다.

이 편지 단서로 수사관들은 형이 살고 있는 광주에 수사력을 집중 배치하고 총력을 다하였으나 김 하사의 종적을 찾지 못하고 있다는 소식에 수사관들은 나보다 더 긴장된 상태에서 조사를 진행하면서 중대장이 김 하사 봉급에서 10개월간 급여의 1/3씩 공제하겠다는 것 외에 별도로 돈을 더 요구했는지와 현금으로 지급되는 일일 중 대원 부식 구매 실적 및 급식 관리 실태 분초 취사와 선박 소대 운영 유류 소모 실적을 비롯한 전반적인 중대 관리 실태 조사에 지쳐 쓰러질 지경이었다.

힘들고 긴장된 5일째 되는 비 오는 날 밤 새벽에, 형 집 부근에 잠복하고 있던 광주 상무대 수사관들에게 체포되어 헌병대로 연행되어 갔다는 통보를 받은 수사관들은 잠시 수사를 멈추고 휴식에 들어간 후 긴장

속에 진행하던 수사를 마무리하고 돌아갔다.

생각 못 했던 선처에 감사

나는 더 이상 큰 사고 없이 무사히 체포되어 돌아와 준 것이 더없이 고마울 뿐이었다. 긴장이 풀리면서 일단 한시름 놓았다. 그러나 과연 소초장이 어떤 진술을 할지 궁금하면서도 중대를 지휘 관리하면서 모든 면에서 원칙을 준수하였으니 별로 걱정되지는 않았다. 그러나 국방 장관 지휘 서신 1호 구타 금지 사항을 위반한 처벌은 면치 못할 것이며, 군법 회의 대상자로 중대장 보직 해임은 물론 불명예 전역 대상자가 될 수도 있다는 불안감이 들기도 했다.

잡혀 온 분초장을 현장 분초에까지 데려와서 조사를 했고, 대대 헌병대 조사실에서 중대장과 대면 조사까지 마쳤다. 너무나 수척해진 모습에 미움에 앞서 가슴이 뭉클한 상태에서 몇 마디 이야기하고 나와 본부 중대 인사계에 양말과 내복 작업복 등을 달라고 해서 김 하사에게 건네주고 갈아입게 조치해 준 것이 그와 인연의 마지막이었다.

조사가 마무리되고 중대장 본연의 임무로 돌아와 근무는 하고 있었지만, 어떤 형태이든 처벌은 따를 것으로 마음이 불안한 상태에서 소식을 기다리고 있던 차에 연대 인사 주임에게서 전화가 왔다.

중대장 처벌은 연대 징계로 위임되었으니, 이제 마음 놓아도 될 것 같다는 소식을 받고 나는 지금 누구에게 감사를 해야 할지 어리둥절했다.

다음 날 연대 징계 위원회에서 경고 처분을 받고 계속 근무를 성실히 잘하라는 연대장님의 훈계를 마지막으로 사건이 마무리되었다.

그러나 이 엄청난 사건에 그 많은 조사관의 조사 내용이 어찌 나뿐만 아니라 중대원 한 사람도 처벌하지 않고 용서해 주었는지? 무엇이 그렇게 나에게 큰 복을 안겨 주었는지 나는 알 것만 같았다.

그것은 오직 현금 부식 구매 실적, 장비 수리비 부대 운영비 등에서 단일 원 하나도 부당하게 사용하지 않았고, 원칙대로 부대와 사병들만을 위해 사용한 실적이었다.

그뿐만 아니라 하루도 빠지지 않고 분초를 찾아다니면서 병사들의 건강 상태와 부대 관리에 최선을 다한 노력을 인정한 결과라고 생각되기도 했다.

그러나 나의 사려 깊지 못한 구타로 저질러진 김 하사의 행위는 어떤 처벌을 받았으며, 지금은 어떻게 살고 있는지, 부끄럽고 죄스러운 생각을 떨치지 못하고 있다. 만날 수만 있다면 당시 사려 깊지 못했던 내 구타 행위의 잘못을 말하고 용서받고 싶다.

우리 누에섬에 가 보자

군의 규율은 엄하고 지켜져야 하지만, 상급자의 지시대로 따라올 거라고 믿으면 착각이다. 눈앞에서는 순한 양처럼 순종하고 따른다. 그래서 지시나 명령한 상급자는 믿어 버린다. 그러나 믿음이 실망으로 되돌아올 때를 종종 경험했다.

바다만 지켜보며 꼬박 밤을 새웠으니 아침 식사를 일찍 하고 오전에 잠자고 오후엔 교육 및 야간 근무 준비를 해야 한다.

그래서 누구든 초소 방문까지 제한한다. 그만큼 오전 취침 시간을 중시 관리한다. 헌데 전역을 눈앞에 둔 김 병장이 학교 후배인 박 일병을 불러내, 초소막 양지바른 곳에 앉아 여수가 고향인 그들은 여수 앞바다 동백꽃 피는 동백섬 이야기를 하다가. 김 병장이 초소 바로 건너편 누에섬을 가리키며, 야 우리 누에섬에 가 보자. 같이 헤엄쳐 먼저 가는 사람을 형이라 하고, 제대 후 형 동생으로 지내자는 제안을 한다. 그래 우리 한번 해 보자. 서슴지 않고 바닷가로 내려가 바다로 뛰어들었다.

초소와 누에섬 사이는 좁은 곳으로 사이를 빠져나가는 물살은 세다. 그 특성을 알지 못하고 수영 실력만 믿고 들어간 그 둘은 떠내려가기 시작했고, 물속은 생각보다 차가웠다.

아니다 싶은 김 병장은 뒤돌면서 "야 나가자"라고 소리치고 물살에 떠

밀리면서 바닷가로 나와보니 뒤따라와야 할 박 일병은 보이지 않았다.

　사고를 접수한 나는 분초로 달려갔으나 박 일병을 찾을 길이 없었다. 김 병장으로부터 사고 경위를 자세히 듣고 김 일병 사체를 찾을 방안을 생각하다 지역 어촌 계장을 만나 사체를 수습하는 방안을 물으니 답은 간단했다.

　사람이 죽으면 물살이 센 곳이라도 바닥으로 가라앉게 되고 바닥에 닿으면 뻘에 묻히면서 멀리 가지 않았을 테니 내일 새벽 간조(물이 빠진 시간) 시에 갈퀴를 준비했다가 뻘밭을 긁으면 찾을 수 있다고 했다.

　대천 시장에서 갈퀴를 구입해 왔다. 간조(바닷물이 줄어듦)가 시작되는 대로 인접 분초 요원까지 동원, 갈퀴로 갯벌을 뒤져 만조가 시작되기 직전 갯벌로 범벅된 사체를 찾아 바닷물에 깨끗이 씻으려 해도 머리에서 발끝까지 빈틈없이 달라붙어 있는 다슬기가 떨어지지 않아 사체를 씻을 수가 없었다. 피부에 박힌 다슬기를 떼어 낼 수가 없어 다시 어촌 계장을 찾아 사체 세척 방안을 문의했다.

　사람이 뗄 수 없고 양지쪽에 볏짚을 깔고 그 위에 사체를 올려놓은 뒤 가마니로 두세 시간 덮어 두면 다 떨어진다는 것이다. 볏짚과 가마니를 구해 알려 준 대로 해 두고 몇 시간 후에 열어 보니 정말 깨끗하게 떨어져 신기하기도 했다.

　대대 군의관과 헌병대에서 나와 박 병장을 데리고 갔다.

문제는 군을 믿고 자녀를 군에 맡긴 부모님께 어떻게 알리고 이해시켜야 할지가 큰 걱정이었다.

그때는 지금처럼 통신 수단이 없었다. 우체국에 가서 급 전보로 부대에 오시도록 통보한 다음 날, 오후 늦게 도착하셨다.

혹시 사체가 변질되지 않도록 부채로 부치며 관리했다. 허겁지겁 달려온 양 부모님께서는 사체를 확인하고 눈물도 흘리지 않고 박 일병이 헤엄쳐 들어갔다는 바다만 멍하니 한참 동안 바라보고 서 있어, "이제 초소 안으로 들어가시지요."라고 권하였다.

"자식이 이렇게 누워 있는데 내가 뭐 하러 들어가. 이렇게라도 보았으니 우린 가야지요."라고 돌아서면서 그제야 눈물을 훔쳤다.

그때의 부모님의 심정은 어떠했을까를 나는 진정 이해하지 못한 상태였지만, 순간 나도 눈시울을 적시면서 가슴이 터질 듯 먹먹했다.

치열한 밀림 작전에서 목숨을 맡기고 포위된 소대 구출 작전 중에는 내 눈과 내 손 안에 두고 관리 감독했기에 한 사람도 손실 없이 부모님 품에 안겨 드렸는데, 이렇게 내 눈 밖에 둔 병사 관리는 내 마음대로 할수 없으니 앞으로 어떻게 해야 할지 더 깊게 생각하고 임해야겠다는 각오를 하게 되었다.

귀가하실 여비를 봉투에 넣어 손에 쥐여 드리자 "무슨 여비! 내 사식 잘못으로 중대장님께 걱정을 드려 오히려 죄송합니다."라고 말하면서 봉투를 밀치며 눈물을 보이셨다. 그때 그 참신한 부모님의 깊은 속마음을 헤아리면서 정말 죄송한 마음에 얼굴을 쳐다볼 수가 없었다.

왜 내 자식 관리 못 해서 죽게 만들었어. 살려 내. 하면서 중대장 멱살 잡고 발버둥 쳐도 억울함을 이기지 못할 텐데, 오히려 미안하다고 말하면서 흘리는 눈물을 무엇으로도 보상해 줄 수 없다는 생각에 평소 좀 더 세심한 관리 감독으로 사고를 예방하지 못한 죄책감이 들었다.

전쟁에서의 승리는 방어보다 공격하는 쪽이 더 유리하다고 했다. 군에서 지휘관은 방어자요 사병은 공격자로, 아무리 주의를 주고 탄탄한 방어벽을 구축해 놓아도 틈새를 파고들어 자신이 하고자 하는 행위를 하다가 뒤늦은 후회를 하게 된다.

그중 베트남 작전 소대장으로 대전차용 휴대용 발사기 사용 요령 교육 시 소대장 교육 내용을 무시하고 듣지 않고 조작하다가 불발, 오른쪽 팔목을 날려 버린 사고.

GOP 철책 경계 담당 시 철조망 밖으로 나가서 하는 작업은 반드시 대대장 승인을 받고 해야 하는 규칙을 어기고 임의로 작업하다 지뢰를 밟아 발이 절단된 사고.

해안선 방어 중대장 때 전역을 앞둔 김 병장이 오전 취침 시간에 잠을 자지 않고 다정했던 박 일병을 깨워 "야, 우리 누에섬에 헤엄쳐 갔다 올까? 이긴 사람을 제대 후 형님으로 모시고 술 한 잔 사 주기로 하고....."라며 바다에 뛰어들었다가 익사한 박 일병 사고 등.

위와 같은 사고를 살펴보면, 지휘관의 철저한 방패를 창을 든 병사들은 언제나 뚫고 들어올 수 있음을 명심하고, 보다 더 철저한 방어벽을 만들어 대비해야 함을 보여주는 특이한 예를 들어 봤다.

백합 양식장 마을 주민의 용서

대천 해수욕장 모래가 좋은 것처럼 구룡리 마을 앞 모래는 말로 표현할 수 없을 정도로 찬란한 은빛 모래밭이다. 썰물이 되면 저 멀리까지 은빛 모래밭이 장관을 이룬다. 그 순간을 틈타 오토바이를 타고 7분초(9명의 근무 초소)를 찾아가 분초 요원들의 건강을 살피고 생활에 어려움은 없는지 알아보고 돌아오곤 했다.

중앙 조달 부식은 2주에 한 번씩 지원해 주었지만, 일일 부식은 현지 마을이나 가까운 어항에서 구입해서 먹어야 한다. 그래서 반찬이 단조롭고 골고루 먹지 못한다는 것을 알고 있었다. 생선은 어항에서 구입해 먹지만 육류는 사 먹기가 쉽지 않았다. 더욱이 냉장고가 없어 먹다 남은 고기를 보관할 수 없어 한 번 먹을 수 있는 양을 1주일에 한 번 정도 인사계나 부중대장이 오토바이를 이용해서 공급해 주기도 했다.

어느 날, 날씨가 좋아 오토바이를 타고 썰물 시간에 7분초로 순찰을 나갔다. 오전 취침 시간에 방해되지 않도록 취사장 관리 상태나 살펴보기 위해 취사장으로 들어갔다. 들어서니 입구에 큰 마대가 서 있어 만져 보니 돌이 들어 있는 것 같은 느낌에 열어 보니 햐얀 백합(조개)으로 가득 채워져 있었다. 어디서 이 많은 조개를 잡았을까? 근무 시간에 근무는 하지 않고 조개만 잡았다는 말인가? 어디서 잡았는지 궁금하기도 해서 당장 분초장을 깨워 물어볼까 하다가 소초병에게 물었다. "이 많은 백합(조개)을 어디서 가져왔느냐?"라고 물었더니 자기는 모른다는 것이다.

궁금했지만, 이따 분초장더러 중대장에게 전화하라고 지시하고 돌아오는 길에 웅천항 부근 식당으로 들어갔다. 시래기 된장국이 맛도 있지만 전라도 사투리가 구성지고 농담도 잘 할 뿐만 아니라 어항 좌우 가까이 위치하고 있는 분초 요원들의 활동 상항도 들을 수 있어 가끔 들르곤 했다.

오랜만에 왔다고 반가워하면서 기다렸다고 했다. 무슨 일로 나를 기다렸느냐고 하자, 별것은 아닌데 옆 마을 주민이 중대장님을 꼭 만나야겠다고 소대장에게 몇 번 이야기했는데도 소용이 없었다고 했다. 중대장을 꼭 만나야 할 이유를 물으니, 백합 양식장을 군인들이 다 망쳐 놓는다는 것이다. 그 말을 듣고는 바로 예감이 왔다. 아까 본 백합 포대기가 그것이라는 생각에 그 주민을 만나야겠다고 거소를 물어 찾아갔다.

깜짝 놀란 주민은 찾아뵙고 말씀드려야 하는데 부대까지 찾아가기는 뭐해서 주막 아주머니께 부탁했는데, 찾아 주셔서 너무 죄송하다고 먼저 사과부터 했다. 그리고 벌떡 일어나 울타리 밑에 열린 토마토를 따 와 "이것 맛있습니다."라고 내밀면서 "사실 양식장 백합을 도적맞은 것은 별 것 아닌데, 양식장을 함부로 밟아 새끼 백합들이 부스러져 피해가 너무 크다"라고 했다. 그뿐 아니라, 부스러진 백합껍데기가 양식장을 더럽혀 이중 피해가 발생하니 제발 달라면 얼마든지 줄 터이니 양식장 출입을 금지시켜 달라고 했다.

정말 미안한 생각에 말문이 막혀 앉아만 있다가 "분초 주변 바닷가에 백합 양식장이 있다는 것을 정말 몰랐습니다. 알았다면 관심을 갖고 함부로 양식장에 접근하지 못하도록 했을 텐데. 너무 죄송하고 피해 보상이라도 해 드리겠습니다."라고 말하자. "보상은 무슨 보상, 더 이상 출입만 않도록 해 주신다면 언제든지 먹을 만큼 분초에 갖다 드리겠습니다."라고 말한 때묻지 않은 촌부 이장님의 말에 무어라 더 이상 할 말이 없었다. "알겠습니다. 더 이상 그런 일이 없도록 약속드리겠습니다."라며 일어서자, 내 두 손을 꼭 잡고 이 일로 병사들을 혼내거나 기합은 주지 말아 달라고 부탁까지 했다.

곧바로 분초로 갔다. 아직 오전 취침 시간이 끝나지 않았다. 평소 대수

롭지 않게 흰 모래밭 백사장으로만 알고 지내 온 모래사장 모래를 한 움큼 집어 바람결에 날려 보내면서 이 모래 속에 백합이 살고 있다니 자연의 심오함을 느끼면서 분초로 올라갔다.

마침 잠에서 깨어난 분초장이 뛰어나오면서 반가이 맞이해 주었다. "그래 별 일 없지. 일일 부식은 잘 조달되느냐?"라고 묻자

"요즘 마을에 가도 사 올 만한 것도 없고 어항에 가도 살 만한 것도 없어 어제 큰맘 먹고 소대장님 허락받고 대천에 나가 이것저것 좀 사 왔습니다."

"그래 잘했다. 대천에 혼자 가면 안 되고 자주 나가는 것도 좋지 않다." 주의를 주고 취사장으로 들어갔다. 아까 문 앞에 세워져 있던 마대가 없어졌다.

마대가 어디 갔느냐고 물어볼까 하다가, 두리번거려 찾아보니 반쯤 쭈그러진 마대가 한구석에 세워져 있는 게 보였다.

그러는 사이 "중대장님 식사하시지요."라면서 독촉하는 병사를 따라가니 시원한 그늘에 자리를 깔고 씽씽한 상추와 큰 대접에 백합(조개)국 차림이었다. 아까 본 조개라 생각하며 수저를 들고 어디서 조개는 샀느냐고 묻자

"사기는요, 썰물에 이 앞 모래사장에 나가면 지천이 조개데요. 나가서 주워 오면 됩니다."

무슨 말부터 시작해야 좋을지 몰라 "혹시 소대장이 모래사장 백합에 대해 말한 적 없었느냐?"라고 묻자, 얼마 전 조개를 잡지 말라고만 했지 별 말씀은 없었다고 했다. "오늘부터는 절대로 썰물 때 모래사장에 나가서 조개를 주워 와서는 안 된다. 이 조개는 마을 이장이 공동 사업으로 이른 봄에 씨알 조개를 사다가 백사장에 뿌려 놓으면 여름내 성장해서 가을에 채취하여 일본으로 수출하는 구룡리 마을 생업이다. 앞으로 절대로 손대면 안 된다."라고 말하자 놀란 표정으로

"중대장님 정말 몰랐습니다. 이제는 절대로 백사장에 내려가지 않도록 하겠습니다."

모르고 짓는 죄는 알기 전까지는 편안하다. 알고 난 후 그 죄를 어떻게 용서받느냐가 중요하다. 어촌 마을 주민에게 보상할 수 있는 방법을 생각해 봤다. 이 일로 병사들을 기합 주지 말라는 부탁 말에 부담이 돼서도 안 될 것 같았다. 그러나 조그마한 성의라도 보여 주어야겠다는 생각에 가을 백합 수확 시 도와주겠다고 제안했다. 수확은 맨발로 크기를 가려 주어야 하고, 새끼 조개는 다음 해에 수확해야 하니 경험 없는 사람에게는 시킬 수 없다는 것이다. 대신 정이 그러시면 마을 추수기에 가을 거리를 도와달라는 것이다. 응해 주어 고맙다고 인사하고, 한꺼번에 많은 지원은 할 수 없고, 하루에 몇 명씩 지원해 주기로 하고 미안함을 마무리했다.

지금 같으면 마을 이장이 민원 제기뿐만 아니라, 손해 배상 청구는 물

론, 신문에 대문짝만하게 백합 양식장을 황폐화시킨 군인들이라고 매도하고, 책임을 사단장까지 물어야 한다고 톱뉴스화 했을 것이다. 그러면 현장 책임자인 분초장은 말할 것도 없고, 지휘관인 중대장까지는 군법 회의에 회부되어 처벌을 면치 못할 큰 사건이 될 수 있었다. 하지만 그때 마을 주민과 이장님은, 모르고 저지른 일이거니 생각하고 이해하고 용서해 주었다. 정말 고맙고 감사했다. 그때는 그렇게 감사한 줄 몰랐는데 요즘 생각하니 하늘 같은 높은 용서를 받은 것 같다.

그때의 마을 사람들같이 착하고 고마운 분들은 어디에서도 찾아볼 수 없고, 고의나 실수로 잘못이 있으면 이해보다는 헐뜯고 부풀리고 즐기려는 풍조는 어디서 왔을까. 아마 지금 같은 풍조라면 분초장과 나는 군법 회의에 회부되어 크게 처분 받고 전과자로 불행한 생활을 하고 있을지도 모른다는 생각을 하면 고맙기 그지없는 마을 이장님과 고생한다며 돌봐 주시던 남당리 어항 주변 넉살 좋고 정이 많으신 해장국 마님이 보고 싶고 남당리 해변 울창한 소나무 숲이 눈에 선하다.

내 평생 인생의 갈 길을 결정지어 준 해안 경계 중대장 근무 당시를 잊을 수가 없었다. 지금 그곳은 어떻게 변했을까? 시간을 내서 찾아가 봐야겠다. 그뿐 아니라 이곳에서 근무한 인연으로 내 인생의 고향으로 등록된 구룡리 100번지를 찾아가 보고 싶다. 그리고 남당리 고개마을 중대 본부 자리가 어떻게 변했고 중대장실 뒤편에 서 있던 소나무도 잘 자라고 있는지 만져 보고 싶다. 더욱이 나와 초소 근무병들을 아껴 주시고 잘못을 용서해 주셨던, 착하고 마음씨 고운 그분들이 지금도 살고 계실까 찾아봐야겠다.

구룡리 100번지 논두렁길에 빚진 추억

태어난 곳이 아닌 법적 치부책에 구룡리 논두렁길이 고향으로 기록되어 영구히 따라다닌다. 그러나 내가 태어난 곳은 기록과 가당치 않은 용문리 개천가 마을이고 내 고향이다.

군인 신분으로 수없이 떠돌아다니다 지휘관 근무 지역에서 혼인 신고서를 접수한 이곳이 고향이 되었다. 내가 태어난 농촌은 큰 길가 대형 트럭이 다니는 개울가 시골 마을이었다. 아뿔사, 내가 태어난 지역이 법적으로 정해 준 곳은 산자락에 겨우 만들어진 해안 논다랑 마을이 접한 구룡리 마을이 고향이 되었다. 그러나 나는 이곳 해안가를 지키는 부대 지휘관이었을 뿐 고향이란 것은 한참 지난 뒤에야 알게 되었다.

구룡리 마을은 지금처럼 마을버스도 없고 인적이 뜸한 시골 마을이지만, 바닷가에서 채취한 바지락이나 가끔 바지선으로 잡아 온 생선을 이고 읍내로 팔러 가는 촌부들이 다니는 유일한 길이다.

중대장인 나는 비록 위관 초급 장교 지휘관이었지만, 부대 임무상 대형 트럭, 반트럭, 지프차, 오토바이 등 운송 장비를 갖추고 있었다. 그래서 구룡리 마을 이장 요구 시 가끔 장항선 열차 웅천역에서 마을 물품을 운송해 준 덕으로 가끔 마을 근처 근무 사병들의 민원이 발생 시 협조 받는 등의 관계를 유지하며 지내오고 있었다.

나는 가끔 지프차를 타고 소초 방문길에 걸어가는 노약자나 짐을 들고 걸어가는 아낙네가 있을 시 태워서 마을 앞에 내려 주기도 했다.

이렇게 마을 주민들과 친밀하게 지내야 하는 이유는 당시 쾌속 고속정으로 해안 마을로 침투 잠입하는 사례가 많아 수상한 사람 발견 시 즉시 가까운 군 초소에 신고해 달라는 등의 협조가 필요했기 때문이기도 했다. 또한 병사들의 급식 문제에 있어서 병참선이 멀리 떨어져 있어 일일 부식을 보급받을 수 없어 부식비를 현금으로 수령, 가까운 마을에서 구입, 취식해야 되기 때문에 마을 주민들과의 유대 관계가 매우 중요했다.

무더운 여름날 오후, 만조 시간 때에 맞춰 구룡리 마을 가까운 초소 순찰을 나가던 중이었다. 하얀 한복 차림에 머리에 보따리를 이고 힘들게 걸어가는 아주머니를 보고 지나칠 수 없어 잠깐 차를 세우게 하고 물으니 구룡리 마을에 간다는 것이다. 묻지 않아도 이 길은 당연히 이 마을 사람이 아니면 다닐 사람이 없을 텐데, 이 무더운 여름에 하얀 한복을 차려입고 이 길을 걸어가는 것이 범상치 않다는 생각에 뒷좌석 무전병 옆자리에 태우고 마을 쪽으로 갔다. 마을 근처에 도착할 쯤에 "감사합니다. 저를 이곳에 내려 주십시오"라고 하기에 "마을에 다 왔으니 조금만 더 가시면 됩니다."라고 하니 "혹시 마을 사람들이 차에서 내린 것 보면 해서요"

"그래요?"라며 차를 세워 내려 주면서 "혹시 이 마을에 사시나요?라고 묻자, "천안에 살고 있는데 내일이 시아버님 제삿날이라 준비를 위해 오늘 내려오는 중인데 정말 감사합니다."라며 헤어졌다.

나는 분초와 선박 소대 근무 상태를 돌아보고 돌아왔다. 며칠 후 중대장 임기 만료자로 1군으로 분류되었다는 인사처 통보를 받고 해안 경계 중대장도 1군 전방 중대장과 동등하게 대우한다고 들었는데, 또 전방 1군으로 분류되었느냐고 하자, 그럼 3일간 특별 외박을 줄 테니 본인이 육군 본부 인사 참모부를 찾아가 면담을 해 보도록 허락해 주었다. 다음 날 육군 본부에 갔다가, 서울에서 하룻밤을 자고 돌아왔다. 다음 날 출근하려고 나서니 집사람이 천안에 아는 사람이 있느냐고 물어 아는 사람 없다고 말하고 출근했다.

나는 부대 영내에서 생활하기 때문에 출퇴근이 없다. 며칠 후 처형이 집에 왔다고 잠깐 나왔다 갈 수 없느냐고 전화가 왔다. 당시에 가정에 전화가 없고 비상 연락용 부대 전화가 설치되어 있었다. 웬일인가 싶었다. 야간에는 부대 자리를 비울 수 없어 점심 먹고 나갔더니 처형이 나를 보고 밑도 끝도 없이 천안에 갔다 왔다고 했다. 그러면서 그 여자를 이제 다시는 편지도 만나지도 말라고 하면서 개봉된 편지 1통을 건네 주었다. 영문을 알 수 없어 무슨 일이냐고 물으니, 천안 가서 그 여자를 만나 다시는 편지도 하지 않고 만나지도 않겠다는 각서도 받아 왔다면서 건네주었다.

건네받은 편지를 보니 차를 태워 마을까지 데려다주어 정말 감사했고 다음에 시골에 내려가게 되면 찾아뵙고 인사드리겠다는 내용이었다. 자초지종 이야기를 듣지 않고서는 오해의 소지가 다분한 내용이 들어 있었다.

깜짝 놀라 도대체 이 편지가 어떻게 집사람에게 전달되었는지 궁금하기에 앞서, 그 여자는 얼마나 황당했을까. 더운 여름날 본의 아니게 군 지프차 한 번 타고 큰 죄인처럼 각서 쓰고 얼마나 겁나고 무서웠을까 생각하면서, 그 여자에게서 상황 설명은 들었을 테니 내가 더 이상 이야기할 필요도 없을 것 같고, 이야기해도 인정하지 않을 것 같아 알겠다고 말하고 부대로 들어오면서 "한 번쯤은 편지 내용을 물어보고 찾아갈 것이지, 그렇게 무례한 행동을 했느냐"라고 말하고 부대로 돌아왔다.

부대로 온 편지를, 중대장 당번이 중대장이 출장 갔다 돌아온 즉시 보시도록 충성스럽게 사모님께 전해 주었고, 알지 못한 여자 이름 편지를 뜯어보고 내용을 보니 내용이 아리송하기도 하고, 이쪽 말을 들을 필요 없이 당장 해치울 생각이 들었단다.

편지 겉봉 주소를 다 지우고 알맹이만 받았으니 미안하다는 답장을 보내 사과할 수도 없었다. 그렇다고 구룡리 마을에 가서 수소문해서 알아볼 수도 없어 미안함을 생각으로 대신할 수밖에 없었다. 이름도 성도 모르는 부인께서 무더운 여름 머리에 보따리를 이고 땀 뻘뻘 흘리며 걷다가 특별한 배려로 마을까지 데려다 준 고마운 인사를 하기 위해, 웅천 마을에 위치한 부대 주소로 정말 고마웠고 감사한 마음만을 정성 들여 적어 보낸 편지였다. 그 대가로 한 번도 별도로 만나보지 못한 사람을 다시는 만나지도 않고 편지도 하지 않겠다는 각서를 썼을 것으로 생각하면서 정말 나에게는 미안한 특별한 추억의 기억으로 간직되고 있다.

최전방 DMZ 담당 지휘관의 사명

군사 분계선(MDL) 탄생은 1950. 6. 25. 새벽 한반도를 가로지르는 38도 선상의 전선에서 북한의 불법 남침으로 시작된 전쟁이 3년여 만인 1953. 7. 27. 정전 협정 체결의 부산물이다. 이 협정으로 처참한 전쟁의 총소리는 멈추었다. 그러나 이 휴전 협정에 따라 서해안의 예성강과 한강 어귀인 교동도에서, 개성 남방의 판문점을 지나 중부의 철원과 금화를 거쳐, 동해안 고성에 이르는 분계선상으로 남북 간에 각각 2km씩 너비 4km로 250km(155마일)의 군사 분계선(MDL)이 그어졌다. 이 선상에는 지금도 6.25 전쟁에서 조국의 부름으로 부모, 형제, 조국을 지키다 산화한 이름 모를 비목들이 고향 가는 길을 잃고, 아직도 들리지 않는 아우성으로 허공을 떠돌고 있다.

이 선상에 위치한 강원도 양구군에는 미 해병 1사단과 한국 해병 1연대가 북한군이 점령하고 있는 지역 펀치볼((punch bowl) 전투를 벌여 승리한 전승지가 있는 곳이기도 하다.

이처럼 한이 서리고 특별한 지역들에 인접한 인제 서하리 최북단 철책 군사 분계선(MDL) 일부 지역 경계 담당 지휘관으로 명령 받은 것이다.

위관 장교 시절엔 월남 참전 경험자로 분류, 서해안 지역 간첩 침투 방어 중대장으로 임명, 막중한 책임을 안고 설레는 가슴으로 부임 시에는 그래도 푸른 바다가 가슴을 탁 뜨이게 했고, 무언가 희망이 보이는 듯한 부임지였다.

대대장 예정자로 분류된 상태에서 육대를 졸업하고 위관 장교 시 전투 대대 후방 지역 해안 방어 중대장으로 근무는 전방 근무로 간주해 준다는 막연한 인사 규정을 믿고, 대대장 보직은 2군 후방 지역 대대장으로 주어지지 않을까 기대하고 기다리고 있던 나에게, 예기치 못한 최전방 12사단 대대장으로 분류되어 DMZ 철책 경계 담당 지휘관으로 이미 명령이 나 있었다.

당황했다. 그러나 따를 수밖에 별도리가 없었다. 12사단은 임관과 동시 동해안 철책 작업 소대장으로 근무 경험이 있는 부대로 뭔가 인연이 있는가 싶었다.

사단 인사처 안내로 연대에 도착, 연대장에게 신고하고 부대 현황에 관해 설명을 들은 후 바로 대대 OP(지휘소) 현지에 도착했다.

이곳은 사방이 첩첩산중으로 동서남북을 분간하기 어려웠다. 눈앞에 보이는 것은 뉴스에서나 보았던 육중한 철조망이 나를 맞이해 섬뜩하고 당황스럽기까지 했다. 이런 혼란스러운 마음 상태로 전임 대대장으로부터 철책선 경계 근무 관련 브리핑을 받았다. 이제야 국가를 위해 근무해야 하는 참다운 군인의 임무를 부여받았구나 하는 크고 작은 충동을 받았다.

586고지에 자리 잡은 대대 OP는 주변 작은 봉오리로 둘러싸인 전방 관측이 용이한 지역으로 아침 일찍 찾아드는 햇살이 너무나 예뻤다. 때 맞춰 건너편 계곡에서 피어오른 안개는 나에게 차분한 마음을 안겨 주었다. 그래 첫날 아침 햇살이 이렇게 반겨주니, 이곳 상주하고 계신 신령님께서도 나에게 좋은 일만 있도록 안내해 주시겠지.

신령님을 믿고 따르면서 최선을 다해 열심히 근무해야겠다는 마음 다짐으로 첫출발했다.

철책 지역 보급 및 순찰로

G OP 근무 투입 후 진지 보수 공사와 철책 순환로 및 보급로 관리 유지 작업이 제일 힘들었다.

가파른 순찰로 보수 작업은 철책 주위에서 획득한 철근으로 말뚝을 박고 나무를 잘라 가로질러 만들었다. 그러나 만들어 놓은 계단은 비만 오면 급경사면이라 물골이 생겨 허물어졌다. 하지만 험준하고 가파른 방책선 순찰로 및 분초 간 통행로 계단 보수 유지 관리는 필수적이다.

보수 유지에 필요한 자재 지원이 전무한 상태여서 현지 주변에서 생나무를 베어 철조망을 잘라 묶고, 폐철근을 주워다 박아 지지대로 계단을 만들어 사용했다. 진지 보수 관리 유지가 일과에 전부라 할 수 있었다.

더욱이 사천리 계곡에 위치한 부대에 일일 급식용 부식 추진 보급로가 협소하고 가파른 길이라 차량 운행도 할 수 없고, 병사들이 등에 지고 이동하기도 힘들었다.

이를 해결하기 위한 수단으로 군마 부대가 편성되어 조랑말 8마리가 대대에 배속되었다. 이들은 매일 1회 조랑말 등에 부식이나 보급품을 매달고 좁은 비탈길을 따라 대략 4km쯤 지점까지 추진하고 있었다.

매일 추진된 물품은 이곳에 설치된 재래식 케이블카 위에 실어놓고 저 아래 계곡에 위치한 부대에 무전으로 연락한다. 연락 받은 즉시 발전기를 돌려 케이블카를 움직이는 보급품 이동 작전이 매일 1회 반복 실시되고 있었다.

이마저도 많은 비나 눈보라가 칠 때는 미끄럽고 질척거리는 좁은 길 때문에 유일한 운반 수단인 조랑말마저 운영하기 어려워 본부 중대 요원과 화기 중대 전 병력이 다 동원되다시피 하여 등에 메고 케이블카 지역까지 운반해야 했다.

이처럼 최전방 철책 근무 일부 지역의 보급은 병사들의 등과 조랑말 등에 의지한 보급 수단이었다.

그러나 이 조랑말 관리에 많은 신경이 쓰이고 말 관리 전담 요원이 필요했다. 먹이 주는 것과 사료 관리 등은 물론, 막사 청결 관리는 필수적인 요건으로 세심한 주의와 관리가 따라야 했다.

적 침투 방지에 신경 쓰는 것보다 자체 관리에 많은 노력과 시간이 필요했다. 이 모든 것이 후방 지역 부대 근무와 큰 차이가 있다는 것을 아는 사람은 없는 것 같았다. 정말 얼마나 힘든 철책 지역 근무인지 경험해 보지 않은 사람은 전연 이해할 수 없는 특별한 근무지역이다.

요즘 영하의 날씨엔 호주머니 손난로에 오리털 잠바를 착용한다. 하지만 그때는 생각 상상도 하지 못한 열악한 방한복 차림이었다. 몸과 마음으로 추위를 이기고 생활한 그때의 병사들을 생각하면 늦게나마 고맙고 감사한 마음으로 참다운 애국자라 칭찬해 주고 싶다.

나중에 들으니 조랑말 보급 수단은 얼마간 계속되다가 보급로 확장 공사를 통해 차량 보급으로 전환되었다고 들었다.

허물어진 순차로 보수 공사 현장 감독

남대천 수문 및 1031고지 도로 관리

우리나라 모든 하천은 대체적으로 북쪽에서 남쪽으로 동쪽에서 서쪽으로 흐른다. 지역 내에 흐르고 있는 깊은 계곡 큰 물줄기는 남쪽에서 북쪽으로 흐르고 있어 남대천으로 부른다고 들었다.

1031고지 도로는 사천리 주둔 병력에 주된 보급로이며 작계상 보장되어야 할 주요 작전 도로다.

남대천은 초봄부터 늦가을까지 계절 따라 무쌍한 변화를 보여 주었다.

봄에는 개천가 주변에 지천으로 널려 있는 봄나물, 더욱이 두릅 채취에 관심을 갖게 한다. 여름에는 조금만 비가 와도 갑자기 불어난 개울물이 범람하여 닫혀진 수문 관리에 신경을 쓰지 않으면 낭패를 보기 일쑤다.

철조망에 연계되어 개울을 가로질러 설치된 수문인 철문은, 평소에는 열쇠로 채워 봉쇄 관리한다. 비만 오면 즉시 철문을 열어 밀려 내려온 낙엽 및 오물에 막혀 물이 빠져나가지 못해 철문이 넘어지는 사고를 방지해야 한다. 그 때문에 기상 예보에 신경을 써야 하며 담당 소초장은 철문 관리에 각별한 신경을 써야 한다.

실제로 갑자기 내린 비에 철문을 개방하지 못해 넘어져 비가 멈추고 철문이 복귀될 때까지 특별 경계 근무를 서야 하는 경우도 있었다. 개울물이 순식간에 불어나면 철문에 채워진 삼중 열쇠를 열지 못하기 때문이다. 기회를 놓쳐 철문 열쇠를 개방할 수 없는 사태가 발생하여 총으로 쏴서 열쇠를 파괴시켜 수문을 개방시키는 경우를 경험하기도 했다. 하지만 가을에는 어디에서도 볼 수 없는 진풍경을 볼 수 있는 소중한 곳이기도 하다.

가을 단풍이 계곡물을 붉게 물들이면 계곡 깊은 곳에 살던 붉은 띠를 몸에 감은 열무고가 단풍잎처럼 나타난다. 지프차를 타고 옅은 개울을 건너면 지프차 뒤편에 벌겋게 드러누워 주워 담으면 된다. 이 고기는 맑은 물 산골에서 자란 천연 기념 물고기이기도 하지만 초고추장에 한입 넣으면 회 맛이 그만이다.

가끔 사처리 지역 중대 업무 순찰 시 거쳐 가야 할 이곳 개천에서 가을에는 특별한 추억으로 기억될 수 있는 열무고 잡기를 하기도 했다.

그렇지만 마음 놓고 잡을 수도 없고 병사들에게는 비밀이다. 그뿐만 아니라, 사처리 계곡 끝자락에 서서 멀리 북쪽을 바라보면 DMZ 내 푸른 수풀 위나 바위 주변에서 노는 산양, 노루도 쉽게 볼 수 있는 지역 이기도 하다. 남북한 대치가 끝나고 평화가 온다면 이 얼마나 좋은 관광 지역일까. 마음속으로 상상해본다.

1031고지를 감고 도는 비상 작전 도로 관리는 여름철에는 폭우로 무너져 내리는 도로를 즉시 복구해야 한다. 겨울에는 폭설로 차단되는 구간의 눈을 치워야 한다. 더구나 눈이 조금만 내려도 바람에 날려 구석진 도로면에 쌓이니, 차단되는 구간을 확인하여 이를 제거, 언제나 통행 가능한 상태를 유지해야 한다.

1031고지 주변에는 많은 야생 동물이 서식한다.

밤에 이 고지를 지나려면 차량 불빛을 보고 도망가려 하지 않고 차량 앞을 먼저 달리는 산토끼들의 행렬이 장관이다. 그뿐만 아니라 너구리, 족제비, 담비 등의 경쟁적인 출몰은 가관이다.

특히 새끼 딸린 산돼지 무리의 출몰은 평생 잊지 못할 광경을 선사한다.

차량 불빛에 노출된 새끼를 보호하는 모성애는 눈물겨운 지경을 연출한다. 도로를 따라가는 새끼 한 마리가 어미보다 뒤처지면 뒤돌아선 어미는 차량을 응시하고 서 있다가 새끼가 어미 앞으로 나아가야 따라간다.

이 고지는 약초 캐는 밀렵꾼 지역이기도 하다. 민통선 북방 지역으로 민간인 출입이 철저히 통제된 지역이지만, 어떻게 들어오는지 동물 통로 지역에 올무를 설치해 놓아 걸리는 산토끼며 오소리 등을 종종 볼 수 있었다.

이토록 사철리 계곡과 1031고지는 사계절의 관심 지역으로 관리해 왔고, 맑은 날씨에는 멀리 금강산이 보이는 경관이 좋은 곳으로 전방 부대 근무를 떠올리면 DMZ 철책 관리의 일환으로 잊지 못한 지역이다.

철책 경계병의 근무 실태

저녁을 먹고 잠시 휴식을 취한 뒤 너무나 추운 영하의 날씨에 철책 근무자들의 실태를 살펴보기 위에 순찰을 나갔다. 차라리 벙커에 앉아 이것저것 생각하는 것보다 순찰을 나간다. 근무하는 병사들을 보는 게 시간도 잘 가고 잡념이 없어져 좋았다.

12월 중순 후방 지역은 영하의 날씨라 하기엔 좀 빠른 시기지만 최전방 산악 지대의 온도는 영하 10도 이하를 나타낸다.

방한복에 털 두건을 쓴 병사의 모습은 영화에서 본 에스키모인들과 흡사하다. 오각을 곤두세워야 민첩할 수 있을 텐데 너무 추워 털 두건을 뒤집어쓰지 않으면 안 된다. 초소 가까이 가도 누가 오는 줄도 모른다. 눈은 오직 철책 방향만 바라보며 대부분 마치 마네킹처럼 서 있는 것이 병사들의 근무 태도다. 너무나 추운 기온 탓에 이런 근무 태도 외에는 별 도리가 없는 것 같다.

내 뒤에 무전병과 위생병이 따라오고 나는 군화 소리가 나지 않게 살금살금 걸어서 초소병에게 접근했다.

발꿈치가 닿도록 가까이 가도 사람이 오는지 모르고 전방만을 바라보고 서 있던 두 병사는, 내가 어깨를 툭 칠 때서야 깜짝 놀란 초병은 그때야 정신이 나는 모양이다.

"뭐 그리 앞만 보고 있기에 순찰자가 오는 줄도 몰라"라고 묻자 묵묵부답 말이 없다.

"그래, 많이 춥지"

"아닙니다. 춥지 않습니다."

춥지 않을 리 없겠지만 추워도 춥다고 대답할 수 없는 그들이기에 더욱이 춥다고 한들 내가 취할 방법은 없다.

두서너 개 초소를 지날 때마다 병사들의 근무 형태는 비슷했다. 병사들의 근무 형태를 어떻게 하면 좀 더 전후방 관측이 가능하게 할 수 있을까. 저렇게 말뚝처럼 서 있는 병사들은 얼마나 지루하고 시간이 길게만 느껴질까.

보초 근무병들에게 어떻게 해 주어야 본연의 임무를 수행하면서 지루하지 않은 마음으로 근무할 수 있을까.

"답이 없다. 졸지 말고 근무 잘해."라는 이 말 외에 더 이상 주고받을 말이 없으니 초병들과의 만남은 언제나 똑같은 대화일 뿐이다.

그 대화 속에서 힘이 있는 병사와 힘이 없는 병사를 구분하고 가려낼 수 있어야 하는 것이 지휘관이고, 그것을 분별하지 못하면 무능한 지휘관이 될 수밖에 없는 것이 군 지휘자의 특성인지도 모른다.

대화를 통해 인성을 쉽게 파악해야 하고, 사물의 위치를 보고 주변 환경 변화를 감지해야 하는 것이 지휘관의 책무이며 능력이다. '어떻게 하면 저 초병들이 지루하지 않게 근무할 수 있을까' 하는 방법을 생각하지 못한 나 자신이 작고 초라하게만 느껴졌다. 더 이상 초병을 찾아다니며 근무 잘하라고 말할 자격이 없다고 생각되어 슬그머니 뒷걸음질쳐 대대 OP로 되돌아왔다.

벙커로 들어오니 후끈한 내부의 온도가 방한복을 벗게 만들었다. 밖에서 추위에 떨며 서 있는 초병들에게 미안한 생각이 들었다. 하지만 생각일 뿐 대처할 방법을 찾아낼 수 없으니 답답하고 미안한 생각뿐이다.

방한화도 장시간 신고 있으면 습기가 차 오히려 발이 더 시렵고 동상에 걸릴 수 있어 근무 후에는 벗어서 습기를 말리고 햇빛을 쬐어 신어야 한다. 그렇지만 그렇게 관리해서 사용하는 병사들은 거의 없다. 그래서 햇빛 좋은 날은 모든 방한화를 밖에 내놓게 하지만 이것마저도 잘 따르지 않아 일일이 챙겨야 한다.

초병들의 경계 근무 실상은 능동적이라기보다는 주어진 근무 시간에 정해진 장소에 서서 시간 보내는 것으로 생각하면 된다. 그럴 수밖에 없는 것이 일년 내내 실제 사항이나 긴장된 일도 없었으니 근무 시간에 별을 벗 삼아 학창 시절 즐거웠던 추억과 입대 직전 여인과의 돌담길을 더듬으며 시간을 보내야 한다.

나는 책임감에 눌려 순찰을 통해 근무 상태를 확인하고 잘못된 사항을 시정하고 교육하기 위한 일과다. 이와는 달리 병사들은 정해 준 장소에 주어진 시간에 서 있는 것으로 의무를 다하고 있는 것이다.

위와 같은 근무 형태는 특별한 변동 없이 지켜지고 계속될 것이다. 이를 종식하기 위해서는 우리가 염원한 통일이 이뤄지기를 기원하고, 달성되리라는 희망을 갖고 노력하며 살아가야 할 일이다.

소주 상자가 환자로 둔갑

퇴근길이면 어디고 들어가 소주 한잔 걸치고 동료와 오늘 있었던 이런저런 이야기로 하루가 저물어 갔다.

한데, 이제는 퇴근이란 게 없다. 좁은 의무실에서 환자를 돌보고 일과 시간이 끝나면 의무실 한 모퉁이에 마련된 군의관 숙소로 궁둥이를 옮기는 것이 퇴근이다.

그러니 천도리 삼거리 막걸릿집 넉살 좋은 아줌마 생각, 네온사인 아래 반가이 맞이해 준 속칭 김 양도 생각나지만, 이제 한 달에 한 번 외박 일을 기다려야 하는 최전방 군의관 생활이 시작되었으니 답답하기만 할 것이다.

이 적막한 산속에서 술 좋아하는 군의관이 어떻게 참고 견디는지 궁금했다. 저녁을 먹고 불시에 군의관 숙소를 찾았다.

"군의관 심심하지. 뭐 하고 있어? 나도 심심해 내려왔는데."

"아 대대장님 잘 오셨습니다. 제가 외박 갔다 들어올 때 가져온 소주 한 잔 하시겠습니까."

"어떻게 가져왔어? 통문에서 소지품 검사하지 않던가?"

"뭐 군의관 소지품을 샅샅이 봅니까."

"그래도 위생병들 보기에 민망하니 혼자 드시게. 난 안 들은 것으로 하겠네."

"알겠습니다. 조심하겠습니다. 표시 나지 않게 하겠습니다."

그런 일이 있고 얼마 후 제대자 소원 수리에 부대에 소주가 반입되고 있다는 제보가 접수되었다.

그래 술이 들어오면 절대 안 되지. 어떻게든 막아야지. 통문에 지시해 간부들이 외출 후 들어올 때 소지품을 확인, 술을 휴대하고 들어오는지 철저히 보도록 했으나 지금까지 그런 일이 없다고 했다.

'그런 일이 없는데 어떻게 술이 들어와' 곰곰이 생각을 했다. 그래 그것이다. 수통에 담아 들어오겠다. 옳지 바로 그것이야 통문에 연락했다.

전령이나 외출 외박자가 들어올 때 수통을 반드시 확인하라고.

백중 맞아떨어졌고, 통문 담당 전 부대에 하달되어 더 이상 소주가 반입되지 않으리라 믿고 있었다.

그러나 막는 자보다는 더 머리를 쓰는 자가 있었다. 여전히 술이 나논다는 전역자 소원 수리가 나와 긴장할 수밖에 없었다.

이제 어떤 방법으로 들어올까 노심초사하던 차에 내 1호차가 고장 났다. 연대 수송관이 수리차 대대까지 출장 수리를 나왔다.

고맙기도 하고 후방 소식도 들을 겸 대대장실에서 점심을 같이 하기로 했다. 당번병이 특별히 준비한 반찬이 마침 쇠고기볶음에다 생선구이가 나왔다.

"찬이 오늘 유난히 좋네. 소주 한 잔 곁들이면 좋겠구만."이라고 했더니

"왜 대대장님께선 소주가 없으십니까? 다들 가끔 몇 병씩 사 가지고 들어가던데요. 아니 어떻게 그것을 몰라요. 다들 알고 있는데요."

"그래? 나는 몰라. 어떻게 가지고 들어오는지 좀 알려줘."

"환자 후송하고 들어오는 앰뷸런스 차 보닛 안에 한 박스씩 싣고 들어갑니다."

"아 그렇구나!"

그렇게까지 그런 방법으로 가지고 들어오는 것을 아무리 막으려 해도 가르쳐 주지 않으면 막을 수 없으니.... 간단한 점심을 대접하고 큰 고민을 해결하는 방법을 그리 쉽게 알려 주다니....

이것을 통제하면 잠시 멈출 순 있겠지만 또 다른 방법이 생길 텐데, 절대 반입을 차단하는 수단과 방법을 찾아 예방하는 것이, 최첨단 방책선을 담당하는 지휘관의 할 일이 아니겠는가.

무엇으로 병사들을 적응시킬 것인가

가장 힘들고 해결하기 힘들었던 것은 철책 소대원들의 내무 생활이었다.

철책 근무에 투입되면서 외출 외박이 중지되기 때문에 매일 반복되는 경계 근무에 싫증을 느낄 수밖에 없고, 앞을 보면 적진 지역의 공포감, 뒤를 보나 옆으로 보나 첩첩산중에 갇혀 있는 병사들의 답답한 마음.

야간엔 밤새워 근무하고 주간에는 잠을 자야 하는 생리 현상의 부적응, 그래서 가끔 갓 전입해 온 이등병이 오전 취침 상태에서 일어나 "왜 내가 여기서 자고 있지?"라고 헛소리를 하면서 일어나는가 하면, "김 병장 여기서 집에 편지를 보낼 수 있어요."라고 묻는다고 했다.

이런 이야기를 들을 때 선뜻 등에서 찬바람이 일어날 때가 있다.

왜냐하면 이런 병사들이 자고 나면 만져야 할 실탄과 수류탄, 자칫 잘못 만지고 잘못 취급해서 오발 사고라도 내지 않을까.

혹 병사들 상하 간 만일 구타라도 당한다면 젊은 혈기에 무슨 짓을 할지 정말 불안하고 어떻게 통제하고 교육해야 할까 고심했다.

그래 병사들이 잠시나마 즐겁게 놀고 상하보다 친구처럼 다정하고 서로를 위로해 줄 수 있는 계기 마련이 중요하다고 판단하여, 전 부대에 점심 식사 후 1시간씩 장기 자랑이나 오락 등으로 즐길 수 있도록 하는 방법을 찾아보도록 지시하고, 그 효력을 중대장이 직접 관찰해서 보고하도록 했다.

대대 정훈 장교나 중대장들이 좋은 생각으로 받아들여 줘서 다음 날부터 즉시 시작했다.

나는 시간이 나는 대로 가까운 소초나 분초에 들러 오락 시간을 지켜봤다. 식기를 두들기고, 세수대야를 두들기고, 신발짝을 마주치고, 큰소리로 목이 터져라 불러 대는 노래소리엔 정말 힘들고 불평스러운 속마음을 한꺼번에 날려 버리는 것 같았다.

한 사람의 열외 병사도 없이 침상이 꺼지도록 발을 구르고 노래 부르는 모습을 보고 '정말 잘했고, 잘하고 있구나' 하는 생각이 들었다.

'여기에 오락 기구가 가미된다면 얼마나 좋을까 획득할 방법은 없을까?'

얼마 후에 예상치 못한 휴가 다녀온 병사들이 자기가 사용했던 악기를 가지고 왔다. 이들은 자기 소초에서 틈나는 대로 소초병들과 즐기며 우애도 좋아진다는 소초장 말을 듣고, 이들 병사들을 활용할 수 있는 방안은 없을까 생각하다가 '이들을 모아 소조 밴드를 만들어 소초 순회 공연을 하면 어떨까.'

매일 한 개 소초씩 방문, 위로 공연을 한다면 소초병들의 사기도 올라가고, 서투른 연주지만 재롱으로 받아들이는 것도 꽤 좋을 것 같아 이 문제를 참모들과 의논했다. 가장 열렬히 환영하는 참모는 정훈 장교 이 대위가 소조 밴드를 구성하고 활용 방안도 검토해 보겠다는 것이다.

중대장들의 반응을 전화로 물었다. 그런데 반응은 모든 중대장이 각 각 다른 의견이다. 우선 소초 근무병이기 때문에 소조 밴드를 구성해서 대대 정훈 장교가 운영하게 되면 소초 근무병이 그만큼 줄어들게 된다 는 것이다.

일리가 있는 의견이었다. 그래서 한 개 소대에서 1명 이상은 차출하지 않는다는 원칙하에 소조 밴드를 7명으로 구성하고 각 중대에서 2명씩 추천하도록 하여 즉시 소조 밴드를 구성, 정훈 장교 인솔하에 소초를 순 회하며 공연 아닌 오락 시간을 갖게 했다.

분초를 순회하면서 위문

정말 반응이 좋았고, 소초에서는 순회공연 날짜를 손꼽아 기다린다는 것이고, 매일 점심시간 후 1시간씩 자체 오락 시간을 계속하도록 했다. 이런저런 노력으로 철책 투입 수개월이 지났지만, 구타 사고나 총기 사고 하나 없이 순조롭게 지내왔다.

보름달이 뜨는 밤의 외박

당시 전방 철책 근무의 월동 준비는 10월 말 이전에 완료되고 거의 월동에 접어든 때다. 나는 한 달에 한 번 보름달이 휘영청 뜨는 음력 보름날에 외박을 나온다.

밝은 달밤에 적의 침투가 어렵고 근무병의 경계 근무가 쉽다고 별다른 일이 없을 것이라 생각되는 날 외박을 나온다.

외박 나온 날, 오후 눈이나 비가 내릴 듯 잔뜩 찌푸려 있는 날씨에 어쩐지 마음이 내키지 않은 상태에서 출발했다. 부대대장에게 잘 부탁한다고 당부하고 늦게 집에 도착했다.

한 달 만에 큰 애가 눈에 띄게 많이 큰 것 같이 느껴졌고, 작은 딸애는 아빠를 보고 수줍음을 타듯 선뜻 안기려 하지 않은 눈치를 보고 마음이 아팠다.

외박 나온다는 연락을 받은 집사람이 평소 애들하고만 먹던 저녁 식탁보다는 잘 차리려 노력한 면이 보였다. 저녁을 먹고 애들과 도란도란 얘기하다 보니 벌써 늦은 시간이 되었다.

전방 벙커 생활에 익숙해 있어서인지 방바닥에 깔린 요 위에 누운 것이 편치 않은 느낌이 들었고, 분위기가 생소함마저 느껴졌다.

12월 초겨울 날씨에 방한 문풍지 사이로 찬바람이 스며들어 날이 새면 문풍지를 발라 찬바람이 들어오는 것을 막아 주려니 하는 생각을 했다. 잠들기 전에 위급 상황 시 즉시 귀대할 수 있도록 옆방 운전병 잠자리를 확인하고 잠자리에 들었다.

그리고 얼마간 잠을 잤을까. 머리맡에 있던 전화벨 소리가 요란하게 울렸다. 집 일반 전화는 거의 사용하지 않아 벨 소리가 작은 편이고 군부대 전화 소리는 벨 소리를 크게 해 문밖에서라도 들어야 하기 때문이다.

잠결에 수화기를 들자 바로 부대대장이 다급한 목소리로

"대대장님 월북 사고가 발생했습니다."

"무슨 소리? 천천히 차분하게 이야기해 보세요."

"23번 GP에서 월북 사고가 발생했습니다. 확인한 결과 확실합니다."

"그래요? 지금 바로 출발할게요. 그럼 GP 자체 내에서 다시 한번 인원 점검해 보도록 지시하고, 전 부대원 진지 투입시키고, 전방 철저 감시토록 조치하시오. 나는 지금 바로 출발하리다."

집사람에게 운전병을 빨리 깨워 부대 복귀 순비하도록 말하고, 옷을 갈아입고, 군화를 신기 위해 창문을 여니, 밖에는 하얀 눈이 내려 마당이 눈으로 덮여 있었다.

운전병은 벌써 차량 시동을 걸고

"눈이 많이 와서 체인을 치지 않으면 운행하기 곤란합니다"

내 등 뒤에 멍하니 서서 주고받는 이야기를 들은 아내가 "여보 무슨 일인데 이렇게 급하게 체인도 치지 않고 가시려고 해요? 미끄러워서 못 간다 하지 않았어요?"라면서 체인을 치고 출발하기를 애원했지만 1초가 급하게 부대에 복귀해야 하는 처지여서 귀에 들어오지 않았다.

출발하자. 차라리 가다가 큰 사고라도 나서 죽는 게 편할지도 모르겠다는 생각이 뇌리를 스쳤다.

월북 사고 발생

숙소에서 대대 상황실까지 거리는 꽤 먼 거리로, 눈길이 아니면 정상적으로 가면 1시간 정도 거리다.

그러나 빨리 질러가는 길이 있다. 일반 도로보다는 1031고지를 넘어서 비상 도로로 가면 시간을 반으로 단축할 수 있다.

사회 경력 운전자로 운전 실력을 믿고 전방 부대 대대장 운전수로 연대에서 특별히 보내 준 운전자다. 평지 길을 다 지나 1031고지 입구에 들어서자 바람에 날린 눈이 길바닥에 하나도 없이 깨끗이 날아가고 흙바닥이 보이는가 하면, 바람막이 모퉁이 길에는 눈이 쌓여 정말 운행하기에 위험한 상태였다.

급한 상황임을 알고 어쩔 수 없이 여기까지 온 김 상병이었지만, 더 이상 참을 수 없었던 모양이다.

갑자기 차를 세우고 "대대장님 더 이상은 못 갑니다. 체인을 쳐야 합니다"라고 하면서 차량 시동을 꺼 버리고 차에서 내리면서 뒤편에 실린 체인을 치겠다는 거의 항명에 가까운 표정을 더 이상 말릴 수가 없었다.

그때 무전기에서 나를 찾았다, "무슨 일이야?"라며 다급하게 묻자.

지금 적 GP에서 들것을 가지고 북한 병사들이 폭발음이 났던 방향으로 이동하고 있음이 관측되고 있는 것으로 보아, 월북자가 필시 지뢰를 밟고 죽었거나 부상을 당해 이를 이송하기 위해 북한 GP 병사들이 이동하고 있는 것 같습니다.

지금 사고자 시체라도 가져오면 월북 사고는 발생하지 않은 것으로 될 터이니 우리 GP 요원을 출동시켜 폭발음이 난 부근으로 인양 작전을 내보낼까 하는 생각이라고 부대대장이 의견을 말했다.

나는 "안 된다. 우리가 군사 분계선을 넘어 들어가야 하는데, 만일 북방 한계선 부근까지 수색 요원을 출동시켜 수습하려다 적 GP에서 반격이라도 하는 날이면 정말로 큰 문제가 발생될 수도 있고, 월북 사고 예방을 해서 처벌과 책임을 면할 수는 있더라도 만일 적과 예기치 못한 교전 상황이 발생할 경우, 우리 GP 병사는 노출된 상태이고, 적 GP 요원은 숨어 있는 상태에서 교전한다면 우리 병사들의 희생이 크게 따를 것이 뻔하다."

월북 사고 처벌을 면하기 위해 위험을 무릅쓰고 더 이상 큰 피해가 발생할지 모르는 일을 만들어서는 안 되겠다는 생각에, 어차피 한 사람을 포기하고 뒤따르는 처벌을 감수해야겠다는 각오로, 부대대장에게 우리가 출동 시 적 GP에서 가만히 있지 않을 것이고, 이에 대응하게 되면 문제가 크게 될 수도 있으니 GP 밖으로 절대로 병력을 출동시키면 안 된다고 단호히 명령했다.

1031고지 산허리를 감싸고 도는 비상 도로는 하얀 눈으로 노면 굴곡을 가려 차가 속도를 낼 수 없는 지경이었다.
차라리 나 혼자라면 차하고 같이 1031고지 계곡으로 굴러 버리면 만사를 잃을 수도 있지 않을까 하는 생각이 들기도 했다.

다시 무전기 호출이다. "철책 정문에 보안 부대 요원이 도착했는데 철문을 열어 줍니까?"라는 문의였다.

경계병을 붙이고 철문 소대장이 안내해서 GP까지 이동하도록 지시했다.

나는 GP 내로 들어간 보안 부대 요원이 조사를 하고 나올 때까지 철문에서 기다리기로 하고 지루한 시간을 보내고 있었다. 마음은 오히려 차분해졌다.

그때 철책 담당 중대장이 아침 식사를 하자고 했다. 아침 식사를 하고 싶은 생각이 없었다.

얼마간 시간이 지났다. 조사를 마치고 GP에서 출발했다는 보고를 받고 철책 정문으로 마중을 나갔다.

민간 복장을 하고 있어 그들의 계급이 무엇인지 알 수는 없지만, 멀리 서울에서 새벽부터 출발해서 여기까지 나오게 만든 것이 미안하기도 해서 깍듯이 예의를 갖추고 맞이했다.

선임자로 생각되는 분이 "대대장님 걱정 많으셨지요? 불가피한 일을 어찌합니까? 불행 중 다행스러운 것은 더 큰 사고로 발전되지 않았던 것이 천만다행입니다. 저희는 바빠서 이만 가야겠습니다. 자세한 내용은 직접 들어가서 파악해 보시고요, 그럼 고생하십시오. 너무 걱정 마시고요"라는 인사를 남기고 급히 무개(덮개가 없는) 지프차에 올랐다.

"고생하셨습니다."

인사를 하자, 선임자로 보이는 분이 뒤돌아보지는 않고 뒤로 손을 흔들면서 떠나는 모습에 퍽 위안이 되었다.

월북 사고 예몽을 받았는데

어릴 적, 앞마을에서 혼불이 나간 것을 보았으니 며칠 후면 연세 많으신 한 분이 돌아가실 거라는 이야기가 나왔다. 며칠 후 우연인지는 몰라도 진짜 초상이 나는 것을 경험했다. 사람의 정신 혼魂이 나가면 죽는 것으로 혼이 존재함은 물론 수면 중에 나타나는 길몽, 흉몽은 내게 내재되어 있는 혼精神에게 암시해 준 것으로 이를 잘 헤아려 적절히 대처하면 내게 이로운 것이다. 혼에 의한 예몽은, 우리 생활에 가끔 길잡이가 될 수도 있음을 나는 몇 번이나 경험했다.

월북 사고를 예방하라는 예시의 꿈을 꾸었는데도 불구하고, 이를 깨우치지 못하고 예방하지 못한 뒤늦은 후회와 내 자신의 한계를 실감했다.

난 철저한 불교 신자는 아니지만, 꿈에 보여진 예시 같은 것은 잘 챙겨 무슨 예시인지를 판단해서 활용하는 편이었으나, 월북을 방지하도록 예시해 준 현몽을 제대로 대처하지 못하고 흘려버린 것이 이토록 큰 불행을 가져온 게 아닌가 싶었다.

월북 사고가 발생하기 1주 전쯤 14중대 지역 순찰을 나갔다가 중대장실에서 저녁을 먹고 이런저런 이야기를 하다 보니 늦은 시간이 되었다. 순찰로를 따라 대대 OP까지 가려면 최소 2시간 이상을 걸어야 하기 때문에 잠시 쉬었다가 야간 순찰 겸 가기로 마음먹고 중대장 침대에 누워서 잠을 청했다.

중대장은 나에게 침실을 내주고 지역 순찰을 갔다 오겠다고 하면서 나갔다. 나는 지역 순찰 때마다 느끼는 것이지만 어떻게 하면 경사진 순찰로를 튼튼하게 비가 와도 무너지지 않게 할 수는 없을까. 생각하다 잠시 잠이 들었나 싶게 선잠이 들었는데, 검은 망토를 입고 장칼을 휘두르며 홍말을 탄 3명의 병사가 하늘에서 북쪽을 향해 달려갔다.

경계 근무병들이 총을 쏘는 것을 보지 못했고, 홍말을 탄 병사는 결국 철조망을 넘어 북쪽으로 사라졌고 나는 '안돼. 안 되는 거야!' 하고 소리치며 벌떡 일어났다.

급하게 중대장을 찾으니 순찰에서 아직 돌아오지 않았다고 했다. 급히 무전병을 불러 중대장을 바꾸라고 했다. 중대장이 연결되었다고 수화기를 넘겨주었다.

나는 잠시 생생한 꿈에 모습을 되새기며 중대장에게 남대천 수문 오른쪽, 다시 말해 개울에서 2분초 쪽으로 올라가는 비탈진 쪽 철조망 상태를 면밀히 살펴보고 경계석 철조망을 넘은 흔적 등을 철저히 파악해서 보고 하도록 지시하고, 대대 OP로 돌아가기 위해 중대장실을 나와 발걸음을 재촉했다.

망토를 입고, 홍말을 타고, 남대천을 넘어간 것이 몹시 불안한 예감이 들었으나 경계를 철저히 하라는 지시 외에는 별다른 특별한 조치 없이 지내다가 결국 이런 큰 사건을 맞게 된 것을 보면 꿈은 나에게 분명히 예언을 해 준 것인데, 무관심으로 지나쳐 버린 것을 후회할 수밖에 없었다.

월북자 발생 현장

나는 그들이 떠나자마자 경비병을 대동하고 GP로 들어갔다. 그날따라 내린 눈이 많지는 않지만, 이동 간 장애를 주었고, 경계 시야를 차단하여 퍽이나 신경 쓰이는 날씨였다.

정문에 도착하자 소대장이 아무 말 없이 GP 월동용 유류 야적장으로 앞서 걸어가 야적장 입구에 멈춰 섰다.

"대대장님 박 병장이 수류탄을 가지고 유류고에서 유류고 폭발을 시키려 했는데.... 수류탄이 터지긴 했는데, 다행히 유류고에 불이 붙지 않았습니다. 정말 큰일 날 뻔했습니다."

가슴이 철렁 내려앉았다.

조사관들이 사진을 찍으면서 "정말 큰일 날 뻔했는데, 정말 다행스러운 일이었다"라고 하면서 "누가 이렇게 감독을 잘했느냐?"라고 물었습니다. "뭘 잘했다는 것이냐?"라고 물은즉,

"휘발유 통 마개가 위쪽을 위치하도록 전부 쌓아 올렸기 때문에 휘발유 통 마개를 열어도 기름이 소량만 흘러내리고, 어떤 것은 전혀 넘쳐 나오지 않아 수류탄이 터져도 불이 붙지 않았다고 합니다."

그 말을 듣는 순간

"평화로울 때 땀을 더 흘리면 흘릴수록 전쟁에서 피를 덜 흘리게 된다."라는 하이먼 리코버 말이 떠올랐다.

그래. 많은 양의 트럼통을 마개가 윗부분으로 쌓아 올리는 데 고생은 많았지만 정말 잘했다고 생각했다.

유류 저장 장소는 GP로 올라가는 계단 하단 약간 넓은 공간에 쌓여 있다. 산꼭대기에 위치한 막사 주변은 공간이 없다.

만일 이 유류고에 불이 붙게 되면 그 많은 유류에 불이 붙어 기름통이 터지게 되고 직선거리 약 40~50미터 상부에 위치한 GP 근무 요원은 3중으로 쳐진 GP 철망을 넘을 수도 없고 철망을 절단하고 나갈 수도 없다.

GP 외곽 지뢰 때문에 철망 밖으로 피할 수도 없어 꼼짝없이 숯불 위에 올려놓은 불고기 신세가 될 수밖에 없었다. 그런데 끔찍한 상황이 발생할 수밖에 없는 그런 상황을 면할 수 있었다는 게 정말 하늘이 도와준 것이며, 병소 GP 요원들의 고생으로 기름통 적재 원칙대로 쌓아놓은

고생의 대가라 생각되었다.

그뿐만 아니라, 당일 날씨가 갑자기 추워져 12월 5일 날씨임에도 불구하고 거의 영하 10도 이하 저온이 휘발유를 점화시키지 못한 것도 이 또한 교회도 다니지 않은 나에게 하나님이 특별히 내려주신 선물이 아닌가 싶었다.

월북자 박헌민 병장. 그는 어떻게 3중 철조망을 그렇게 깜쪽같이 빠져 나갈 수 있었단 말인가? 적지 않은 인원이 생활하고 있었는데 어떻게 3중 철조망을 쥐도 새도 알 수 없게 절단했을까?

도둑맞으려면 개도 짖지 않는다는데, 그가 빠져나갈 시간에 외곽 보초병은 무엇을 했단 말인가? 같은 시간에 근무 편성된 근무병을 불러 물었다. 두 사람이 한 조가 되어 근무하기 때문에 당사자들을 불러 물으면 당시 상황을 정확하게 알 수 있을 것 같아서였다.

병장과 일병, 고참과 신참을 묶어 근무 편성하기 때문에 당연히 해당자는 일병이었다. 그 시간에 같이 근무하지 않고 뭐 했느냐고 묻자,

"박 병장님이, 나 혼자 근무해도 된다. 너는 잠도 부족하고 추울 테니 취사장에 들어가 아침 식사 준비하고 있는 취사병이나 도와주고 따뜻하게 있으라고 해서 취사장에 있었습니다."

"뭐 특별한 것을 보지 못했느냐?"

"네 전혀 아무것도 느끼지 못했습니다"

더 이상 물을 것이 없었다. 분명한 것은 포상 휴가를 다녀온 후 치밀한 계획하에 빠져나갈 구멍을 만들었다.

철조망을 절단하는 절단기를 휴가차 귀대할 때 몰래 가지고 들어와 은밀한 곳에 감추어 두고 일등병 보초병과 근무할 때 항시 취사장에 들어가 쉬게 하고 본인 혼자 근무하면서 절단기로 하나하나 자른 뒤 표시가 나지 않게 다시 자른 부분을 맞춰 놓고, 며칠간 계속해서 작업을 진행한 것으로 추측할 수밖에 없었다.

이미 조사관들이 샅샅이 조사한 뒤라서 어떤 특별한 아무것도 찾지도, 발견하지도 못했다 허탈한 마음으로 GP 정문을 나서면서 GP 장에게 더 이상 병사들이 동요하지 않도록 안심시키고, 휴식을 취하게 하도록 지시하고 GP 철문을 나섰다.

GP에서 차로 대대 OP까지 이동하는 거리는 꽤 먼 거리다. 오픈카 지프차는 초겨울 바람이기는 하나 몹시 차갑다. 털모자를 뒤집어쓸 수도 없어 손으로 양쪽 귀를 번갈아가며 주무르면서 대대 OP에 도착했다.

간부들이 모두 나와 근심 어린 눈으로 바라보며 서 있었다. 넉살 좋은 작전 과장이

"고생하셨습니다. 어쩔 수 없는 일 아니겠습니까"

나는 참모 회의에서 대대 정보 참모가 GP로 들어가 당분간 GP 흥분이 가라앉고 차분해질 때까지 함께 생활하도록 지시하고, 다른 GP 상을

하나씩 바꿔가며 금번 사고 내용을 설명하고, 병사들의 신상 파악을 다시 한번 체크해 보도록 지시했다.

너무나 피곤하고 긴장이 풀린 상태여서 더 이상 앉아 있기가 힘들어서 잠시 벙커 침대에 누웠다.
그러자 철책 근무 투입 준비를 시작해서 지금까지 철책 근무 생활이 뭉개구름처럼 떠오르기 시작했다.
'정말 우리 모두 고생했는데 이렇게 불명예스럽게 월북 사고 부대로 처벌받아야 하나?' 하는 생각에 눈물이 핑 돌았다.

월북 사고 후 군 생활 마무리할 각오

이제 마음을 비우고 주변 정리를 해야 하지 않겠는가....
군에서 가장 중요하고 가장 큰 사고로 간주되는 사고를 방지하지 못했으니 당연히 책임지고 끝내야 하지 않겠는가. 나만 혼자 책임지고 조용히 끝냈으면 좋겠는데....

이미 GP 장은 불려가 조사를 받고 있고, 이제 소대장 윗선 지휘관들이 책임을 면치 못할 텐데.... 과연 어디까지가 끝이 될지 하는 생각으로 기다릴 수밖에 없지 않은가.

며칠이 지나도 더 이상의 조사도 없고 잠잠하기만 했다. 그러기에 더욱 불안할 수밖에 없었다. 함께 합동 근무하고 있던 부연대장님도 3일 후 연대로 복귀하셨다.

사고는 이미 일어난 일이고, 하는 날까지 최선을 다하자. 더 이상 신경 쓰지 말자. 지금까지 나는 최선을 다해 근무했으니 여한이 없다. 그래도 부족해서 이런 일이 생겼으니 책임져야지.

그래도 GP가 폭발하지 않은 것만도 내가 평소 때 최선을 다해 열심히 근무한 대가가 아니겠는가.

전방 부대 전담 보안 부대장이 왔다, 자기도 큰 책임이 있다고 하면서 고생 많이 하셨고, 정말 일 많이 하셨는데 여러 가지 말로 위로를 해 주었다.

위로를 받기보다는 후임 대대장은 선발 중인지 물었다. 그러자 그는 자기가 알고 있기로는 군단장은 대대장을 즉시 교체시키라 하고, 사단장은 교체하지 않는 쪽으로 건의 중인데, 그래서 뭐라 말할 수 없다는 것이다.

나는 책임을 면치 못할 것이라 예측하면서도 못내 섭섭하고 두려운 생각이 들었다. 그래 이제 군복을 벗어야 할지 빨리 결정지어 주었으면 좋겠다는 생각으로 오히려 마음이 차분해졌다.

이제 이것으로 군 생활이 마무리되겠지.... 그래 더 큰 사고 없이 한 사람만 떠나보냈으니 불행 중 다행이고, 누군가 나에게 큰 복을 준 게 아닌가....

만일 수류탄이 터지면서 유류고에 불이 붙었다면 어떻게 되었을까. 생각만 해도 소름 끼치는 생각에서, '그래 다행이야. 천만다행이야. 난 축복받은 지휘관이야. 즐겁고 가벼운 마음으로 마무리 져야지' 하는 생각을 하면서 '차라리 중대장 근무 시 수류탄 휴대 현지 탈영 사고 당시 처벌받고 군 생활이 끝난 것이 좋았을 텐데' 하는 생각이 들었다.

인간은 혼과 영이 있다

9월 초쯤 월동 준비 진지 보강 작업을 시작한 8분초에서 보고가 들어왔다. 진지 투입 교통호 보수 작업장에서 유골이 발견되었다는 보고를 받았다.

평소 교통호 한쪽이 자주 무너져 임시방편으로 보수 작업을 해 왔다. 이번 진지 보강 공사 시 좀 더 넓혀 마대를 쌓아 안전하게 하기 위해 교통호를 넓히는 과정에서 발견돼 공사를 중단하고 보고한다는 것이다.

"그래? 현 상태를 유지하고 더 이상 공사를 진행하지 말라"라고 지시하고, 군의관과 함께 긴급히 초소를 찾아 현장을 확인하고 군의관이 유골을 수습하기 시작했다.

유골은 3구이고 이들은 인민군 병사들임이 확실했다.

부패되지 않은 군복과 물통, 북한군의 인식표 등이 이를 증명해 주었다. 유품은 훈장, 개인 도장, 수통, 젓가락, 화폐 등 다수였다, 쓸 만한 것은 하나도 없었다.

즉시 사단 정보처로 보고하고 유품을 한데 모아 사단 정보처로 보냈다.

주임 상사에게 지시하여 사화리에 가서 합판으로 관을 짜고 재물을 준비하도록 조치하여 초소 바로 옆 양지바른 곳에 장지를 정하고 유골 3구를 각각 묻고 묘봉을 만들어 주고, 합판 조각으로 십자가도 만들어 세워 주었다.

전 소초병이 함께 묵념으로 고인의 명복을 빌고, 이제 훨훨 날아 북녘 땅 고향을 찾아가라고 주문을 외어 고인의 넋을 달래 주었다.

그날 저녁, 대대 OP 침소에서 늦게 잠이 들었는데, 8분초에서 하얀 소복을 입은 병사 셋이 철조망을 훌쩍 뛰어넘어 북쪽으로 가는 꿈을 꾸고 깜짝 놀라 일어나 상황 장교를 찾았다.

대대장 침실 바로 옆에 상황실이 위치하고, 참모들이 24시간 교대 근무를 하고 있어 벨만 누르면 상황 장교가 바로 들어오게 되어 있었다. 지금 즉시 8분초에 연락해서 분초장이 인원 파악하고 이상 유무를 보고 받도록 지시했다.

무슨 꿈인지 이렇게 선명하게 참 이상한 꿈이 다 있구나, 생각되면서도 불안한 생각은 전혀 들지 않았다. 잠시 후 상황 장교가 노크를 하고 들어왔다. 아무 이상 없답니다.

그래 그럼 전 초소에 전화해서 이상 유무를 확인하고 근무 철저히 하도록 지시하고, 무슨 꿈인지 다시 한번 생각하니 정말 신기하기도 했다.
그래, 오늘 장례를 치러 준 북한군 병사들이 내가 중얼거리고 빌었던 북녘땅 고향으로 돌아갔다는 것인가.

정말 이렇게 신기할 줄이야. 이게 미신을 믿어야 되는 것인지, 아니면 내가 바라는 마음이 그렇게 영적으로 나타나 주는 것인지 알 수는 없지만, 정말 희한한 꿈인 것만은 지금까지도 잊지 못하고 있다.

우연인지는 알 수 없지만, 막사 주변 길지 않은 교통호 정리 작업 구간에서 발견된 영혼이 3구나 되는 걸 보면, 이 지역이 능선 지역으로 격전이 벌어진 곳으로 추측되는 바, '이 주변 지역을 발굴한다면, 피아(적군/아군)를 막론하고 고향 산천을 찾아가지 못하고 구천을 헤매는 영혼을 찾아 줄 수 있을 텐데...' 하는 생각을 버릴 수가 없었다.

기회가 주어진다면 현지 부대에 협의하여 그곳을 찾아가 보고 싶다.

3구의 영정 앞 예를 갖추고

동물도 죽을 자리를 찾는다

DMZ 군사 분계선 지역은 청정 지역이다. 70여 년 동안 사람은 마음 대로 넘나들지 못했지만 동식물의 천국이다. 철책선 주변을 따라 천연 기념물로 지정된 사향노루, 사슴이 뛰놀고 오염되지 않은 풀숲은 하늘을 가린다.

매일 DMZ에서 실시되는 수색 작전 활동이 궁금했다. 나는 이들 수색 작전에 동행해 볼 요량으로 수색 작전 동행 허가를 신청해서 어렵사리 군단 승인을 받았다.

지휘관이 위험 지역에 들어가는 것을 금하고 있기 때문이지만, 수색 작전의 필요성도 검토해 보겠다는 생각에서 군단 작전 과장에게 직접 전화해 비교적 안전 지역 출입 조건으로 허락받았다.

따라서 비교적 수색 지역이 아군 초소에서도 멀리나마 관측이 가능한 지역인 남대천 지역을 택했다.

우리나라 모든 하천은 북에서 남으로 흐르는데, 특이하게도 남에서 북으로 흐르는 보기 드문 강이기도 하다. 그래서 남대천이라 부르는 모양이다. 우리나라의 지명은 지역 특성에 맞게 지어진 이름이 많다.

수백 개의 산골짝 실개천이 모여 이루어진 남대천 물은 정말 깨끗하고 손으로 한 움큼 쥐어 마시니 달고 맛있다.

유일하게 이곳에서만 서식하는 열무고(산천어와 비슷한 고기)는 금방 손으로 잡아도 될 만큼 깊지 않은 물속을 붉게 물들여 눈을 뗄 수 없도록 예뻤고 사랑스러웠다. 더욱이 개천 주변 모래와 조약돌은 어디에서도 볼 수 없는 기름기가 좌르르 흐르는 개천가 풍경에 놀랐다.

강변을 따라 앞서가는 수색조를 따라 남쪽 중앙 군사 분계선에 거의 가까워졌다. 주변 모두가 생소하고 긴장되기도 했다. 특히 수색로 길옆 양지바른 곳에 위치한 거대한 바위에 관심이 갔다. 고래 등처럼 구부러진 큰 바위 아래를 희고 큰 평탄한 바위가 받치고 있어 정말 보기가 너무 좋아 홀쩍 뛰어오르는 순간, '앗' 하고 소리칠 뻔했다.

이 바위 한쪽에 앙상한 동물의 뼈가 고스란히 그대로 남아 금방이라도 일어서서 달려갈 것만 같았다.

이런 좋은 명당을 찾아 죽음을 맞이하는 동물을 보고 정말 놀랐다.

통상 사슴이나 동물이 죽을 때 좋은 명당자리를 찾아 죽는다는 소리를 들은 바는 있다. 그러나 실제 눈앞에 누워 있는 동물의 뼈를 보니 사실인 것 같다는 생각이 들었다. 사람은 죽을 자리를 선택하지 못하고 의사나 가족의 선택에 따르니 사람이 동물보다 낫다고 말할 수 있는 것인지를 생각하게 했다.

긴장 속에서 수색을 끝내고 돌아오는 길에 남대천 끝자락 최북단에서 예쁘고 날아가는 듯한 새 모양의 흑갈색 돌을 주워 와 지금까지 진열장에 간직해 놓고 볼 때마다 최북단 남대천 수색 정찰 당시 현장의 기억을 떠올리곤 한다.

DMZ 수색 삭선

4부

제2 인생의 삶

제2 인생의 숲

어린 시절과 군 생활을 제1의 인생이라고 한다면, 오십이 접어든 나이에 본인의 의사와는 상관없이 계급 정년 퇴임하고 새로운 길로 나오게 되었으니, 나는 이 길을 제2의 새로운 인생 출발점으로 단단히 마음먹고 출발했으나 시작은 정말 힘들었다.

장사나 사업을 해 볼 생각으로 집사람과 의논 끝에 집사람은 아파트 상가를 얻어 수예점을 시작할 것으로 결론 내고 나는 군 선배들을 만나 일자리를 알아보기도 했으나 별 도움이 되지 못해 결국 집사람이 싸 준 도시락을 갖고 주야 6개월간의 힘든 도서관 공부로 취업 시험에 성공했다.

제2의 인생을 시작하면서 짧은 무직 기간 동안 많은 것을 배우고 내가 평소 알고 지냈던 친구와 군 선배들의 참된 마음을 읽는 계기가 나의 제2 인생을 사는 데 좋은 교훈과 길잡이가 되기도 했다.

사회인으로 첫출근하여 1년간 연구관 생활은 같은 처지의 군 선후

배 사이로 서로 이해하고 도우면서 나름대로 주어진 과제를 마무리하고 대기업 비상 기획관으로 취업하면서부터 정말 적응하기 힘든 일들을 겪었다.

정부에서 낙하산으로 당장 기업에 도움이 되지 않은 사람을 수십 년 근무해야 얻는 부장 자리로 들어왔으니 모두가 껄끄러운 눈치다.

그런 눈치가 보일 때마다 나는 어릴 적 어머님이 말씀해 주시던 그 말씀을 깊이 간직하고 지키며 참고 견디며 살아왔다. "정직과 성실함을 몸속에 담고 살아가는 사람은 은연 중 타인에게 품격 있는 사람으로 보이고, 사람의 마음이 그의 곁으로 다가서기 마련이다."라는 말씀을 되뇌이며.

사람은 누가 보든 보지 않든, 남의 텃밭 열매에 손대지 말아야 하고 듣지 않는다고 남의 흉을 보아서는 절대로 안 된다. 또한 심부름한 정당한 대가 외에는 절대로 더 바라지 말아야 한다. 나보다 못한 사람을 깔보지 말아야 한다. 그리고 내게 도울 수 있는 힘이 있을 때는 두 손 내밀어 힘없는 사람을 끌어 주어야 네가 복 받는다는 말씀을 기억하고 이를 실천하려고 노력하며 살아왔다.

빛바랜 청운의 꿈

광주 조선대학교 장학생을 목표로 공부하여 입학시험에 응시했지만 떨어졌다. 군대에 자원입대할까 생각 중, 서울 성북고등학교 재학 중인 친구로부터 연락이 왔다. 서울에 와서 고학이라도 해서 내년에 함께 대학에 가자고 했다. 쉽게 생각하고 무일푼으로 서울행 열차를 무임승차로 출발했다.

중학교 동창이었지만, 우리나라에서 최고인 서울 경기고등학교를 가야 한다고 지원했다가 떨어졌다. 재수 후 재도전했지만 실패하고 2차로 성북고등학교에 3학년으로 재학 중인 친구다.

서울역에서 내려 전철을 타고 성북역에서 내려 개천을 따라 성북고등학교 앞까지 와서 비탈길 언덕으로 올라오면 된다는 약도와 자세한 안내서를 들고 와 쉽게 찾았다. 서울역에 내려 전철을 타지 않고 걸어서 왔다. 얼마나 되는 거리인지도 알지 못하고 걷기 시작한 것이 보니 무척 먼 거리였다. 밤 열차를 타고 아침에 도착해서 찾으니 쉽게 찾았으나 학교에 가고 없어 문밖에서 기다리고 있자니 너무 배가 고파 올라온 길에서 봐 둔 붕어빵 집에 가서 사 먹고 친구에게 주려고 몇 개 더 샀다.

해 질 무렵에야 돌아왔다. 혼자가 아니고 한국일이라는 친구와 같이 왔다. 함께 자취 생활을 한다는 한방 식구다.

방은 좁지 않아 함께 생활하기에는 별 문제 없었으나, 두 사람의 생활비로 같이 사는 게 문제였다. 국일이 누나가 종로에서 식당을 하고 있어 국일이는 저녁을 거의 누나 집에서 먹고 자주 주먹밥을 싸 오기도 했다. 처음 만난 친구지만 불편함을 참고 정말 잘 대해 주었다. 나는 공부보다는 일자리를 찾아야 했다. 여러 곳을 알아보다가 한국일보 성북지국 신문 배달 자리를 구했다. 담당 지역은 성북동 삼선교에서 미아리 고개를 넘어 정릉 계곡을 거쳐 성북동 뒷산까지를 배달 구역으로 맡았다. 넓은 구역이지만, 당시에 신문 보는 독자가 많지 않았고 가옥도 많지 않았다. 그때는 정릉 계곡에 맑은 물이 흐르고 고급 주택이 띄엄띄엄 서 있는 경관이 뛰어난 지역이었다.

아침 새벽에 일어나 신문을 안고 등에 메고 시작한 배달은 동틀 무렵에 끝난다. 마지막 코스인 성북동 고개에 다다르면 땀으로 흠뻑 젖어 러닝셔츠를 벗어 짜 입었다. 아침 일찍 봐야 할 신문이 늦게 배달된다고 대문 앞에 기다리고 서 있다가 이렇게 계속 늦으면 신문을 끊겠다고 말하는 사람이 제일 무서웠다.

"죄송합니다. 내일 아침에는 좀 더 일찍 오겠습니다."

머리 숙여 인사하고 쏜살같이 다음 집을 향해 달려갔다.

집에 와서 늦게 공부하고, 자고 있는 친구를 대신해서 조용조용 아침을 준비해서 먹여 학교에 보내기도 했다.

두 사람 생활비로 세 사람이 생활하니 부족한 것이 너무 많았다. 하루는 늦게 배달을 끝내고 집에 오니 학교에 가고 없었다. 밥솥 뚜껑을 열어 보니 빈 솥이다. 쌀도 보리도 없으니 굶고 간 모양이다. 힘들어서 누워 자고 일어나니 배가 고파 죽을 지경이었다. 부엌에 나가 찾아보니 잡곡으로 남아 있는 수수쌀이 있었다. 이것이라도 끓여 먹어야겠다는 생각에 물을 붓고 몇 시간을 끓여도 퍼지지 않아 딱딱한 채로 씹어 먹고 나니 살 것 같았다. 그때 수수쌀이 왜 안 퍼지는지 나중에 알았고, 재래시장에 가면 수수쌀이 있는지 눈여겨본다.

시골 병호네 집에서 보내온 식량과 파주가 집인 국일이는 누나 집에서 가끔 가져오는 식량으로 세 사람이 함께 살아야 했다. 다행히 한 달 뒤 배달하고 첫 봉급으로 받은 돈으로 처음 연탄을 사고, 밀린 방세도 내게 되어 다소 도움이 되기도 했다. 하지만, 근 6개월 동안의 생활은 상호 너무 힘들었다. 그것보다는 아르바이트해서 돈을 벌어 대학교 가겠다는 생각이 멀어져만 갔다. 공부할 시간도, 신문 배달 외에는 마땅한 돈벌이가 될 만한 일자리를 찾을 수도 없었다. 서울에서의 꿈을 접고 친구에게 그동안 고마웠고 미안했다는 쪽지를 적어 놓고 성북동 집을 나섰다.
그때의 심정을 지금도 잊지 않고 항상 기억하고 살아왔다. 나는 왜 이렇게 가난한 집에서 태어났나? 어디로 갈까? 꼭 이렇게 살아야 하는 것이 맞는 것일까? 많은 생각을 하면서 마땅히 가야 할 정해진 곳도 없고 새벽 열차에 무임승차하기 위해서 서울역 대합실에서 기다려야 했다. 밤새워 대기하는 동안 절룩거리면서 구걸하는 사람을 보고 많은 것을 느끼고 새로운 각오를 갖게 됐다.

새벽 완행열차에 무임승차는 나뿐이 아니라는 것을 알 수 있었다. 승객들이 앞쪽에서 뒤로 몰려오기 시작하면 승무원 검표가 시작되고 있다는 걸 알고, 뒤쪽 멀리 피했다가 다음 역에서 내려 앞으로 다시 타는 일을 한두 번 했더니 광주역에 도착했다.

반가워하든 말든 어쩔 수 없이 재수 학원에 다니고 있는 산수동 친구 자취집으로 들어갔다. 속마음이야 어쨌든 반가이 맞이해 준 친구들이 고마웠다. 또 붙어살기가 시작되었다. 군에 가기로 마음먹고 병무청에 지원 신청을 하러 갔는데, 정문에 육군 간부 후병생 모집 공고를 보고 응시했다.

응시 결과 1차 합격통지를 받고 기다리고 있는데, 당시에 방첩대 요원이 집으로 신원 조회차 왔다 가고 며칠 후 발표된 2차 합격자 발표에는 이름이 없었다.

이마저 포기하고 있던 차에 먼저 군에 입대 31사단 인사처에 병장으로 근무하고 있던 사촌 동생이 마침 외출을 나와 점심을 같이 먹게 되었다.이런저런 이야기를 하다가 군 지원 입대하기 전 간부 후보생 시험에 응시했다가 2차 신원 조회에서 불합격된 것 같다고 말하자. 신원 조회 불합격 사유를 알아봐 주겠다고 했다.

그다음 주에 외출을 나와 나의 불합격 사유가 국비 목포 해양고등학교 중퇴가 원인이라고 했다. 학교에 가서 중퇴 사유서를 발부받아 가지고 있다가 신원 조회 나올 때 제출하면 신원 조회 불합격 요인이 해소될 것이니 걱정하지 말고 곧 있을 시험에 응시하라고 했다.

시키는 대로 확인서를 떼어 보니 허약 체질에 의한 자진 퇴학자로 명시돼 있었고 재차 시험에 응시 합격하여 군 중견 간부로 20여 년 근무 후 명예 퇴역하고 살고 있다.

첫발을 내디뎠던 서울 성북동 언덕길은 내 인생에서 많은 것을 보고 배우게 해 주었다. 60년대 당시에도 넓고 푸른 정원을 갖춘 고급 주택과 산동네 판잣집, 그때만 해도 빈부의 차이가 뚜렷한 것을 보고 느낀 바가 많았다.

청운의 꿈을 안고 상경하여 친구들에게 빚만 지고 6개월여 만에 되돌아왔던 일, 재수생 산수동 친구 집에서 신세 진 일들이 바탕이 되어 내가 어려운 군 생활과 험하고 강한 회사 노조원들과의 원만한 관계를 유지하면서 어려움을 이겨낼 수 있었던 것 같다.

출발은 험해도 끝은 황홀했다는 소설의 한 구절처럼, 나의 출발은 정말 더디고 험하고 어려웠다, 하지만 발버둥 쳐서 헤쳐 나온 지금, 나는 황홀하기보다 처음보다 더 불행한 마음의 갈등 속에서 헤어나지 못하고 불행한 안개 속에 묻혀 헤매며 살고 있는 느낌을 떨칠 수가 없다. 벗어나려고 발버둥 치면 칠수록 꽁꽁 묶이는 심정이다. 세상은 깜깜하고 어둡다. 밝은 빛을 찾아 나서야 할 길은 어느 길인가 물어야 할 사람이 없다. 그래서 그때 어려운 시간을 함께 해 주었던 그 친구들이 그립고 생각난다.

성북동 언덕길 자취방 청운의 꿈을 안고 숨어 탄 호남선 무임승차, 광주 성수동 비좁은 자취방, 그때 그 친구들이 하나둘 멀어지더니 지금은 전화도 그 흔한 카톡 벨 소리도 끊긴 지 오래다. 어디로 갔는지.... 그때의 친구 중 지금 내 옆에는 오직 한 사람뿐이다.

　더 늦기 전에 이 친구라도 자주 만나 옛이야기를 하면서 그 친구들의 얼굴은 볼 수 없지만, 그때 기억을 되살리며 이야기하고 싶다.

상상하지 못했던 취업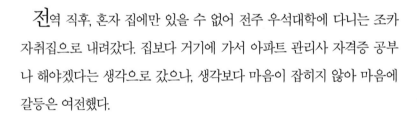

　전역 직후, 혼자 집에만 있을 수 없어 전주 우석대학에 다니는 조카 자취집으로 내려갔다. 집보다 거기에 가서 아파트 관리사 자격증 공부나 해야겠다는 생각으로 갔으나, 생각보다 마음이 잡히지 않아 마음에 갈등은 여전했다.

　온종일 집에서 소일하다가 학교에서 온 조카 식사를 준비해 주는 일은 더욱 힘들었다. 다시 서울로 올라가 도서관을 이용하거나 다른 방법을 찾아보겠다는 생각으로 서울로 돌아왔다가, 우연히 만난 동기생과 대화를 나누는 과정에서 예비군 대대장 시험이나 비상기획관 시험 한번 보는 게 좋겠다는 이야기를 듣고 시험 공부를 하기로 마음먹고 보라매공원 시립 도서관에서 그들을 만나 함께 다음 날부터 그곳에서 공부를 시작했다.

퇴역 2개월부터 시작한 공부지만 손에 잡히지 않았다. 그러나 아침에 출근하는 마음으로 도서관에 나와 동기생과 휴게실에서 커피 한잔 하면서 잠시 이야기 나누는 일과가 생기니 이제는 살 것만 같았다.

그러나 예비군 대대장 시험이든, 비상기획부장 선발 시험이든, 취업 희망자를 대상으로 중앙심사위원회에서 실시한 심사에서 삼배수 안에 들어가야 한다. 언제 시험이 있을지도 모르니 불안하고 더욱이 삼배수 안에 못 들어가면 응시 자격까지도 없으니 죽도록 공부해도 허사가 될지도 몰라 불안하기도 했다. 그래도 해 보는 데까지 해 봐야겠다는 생각으로 도서관으로 출근하며 공부를 계속했다.

누구인지 알 수 없는 번호로 전화가 왔다. 나에게 전화할 사람이 없는데 하는 생각으로 전화를 받았다.
그런데 "양 중령님이시지요"라는 목소리가 귀에 익은 목소리였다. "저 김 양이에요. 정순이에요. 요즘 어떻게 지내셨어요? 전역하시고 놀고 계신단 이야기 듣고 전화했어요"
"국방부에서 전역 군인 취업 지원 차원에서 연구관을 모집하는데 보수는 많지 않지만 놀고 계신 것보다는 나을 테니 지원서를 내 보시라고 전화드렸습니다."
"그래, 고맙기는 한데 몇 사람 모집하는데? 내 경력 가지고 되겠어? 경력 좋은 사람도 많을 것이고, 육사생 아니면 안 되는 거 뻔한데 공연히 지원했다가 떨어지면 속상할 것이고, 이렇게 생각해 알려줘서 정말 고맙긴 한데 제출할 생각은 없어."

"그래요? 국방부에 전역 후 취업 희망 지원서는 접수해 놓으셨나요?"

"물론 접수해 놓긴 했지만 기대는 안 하고 있어."

"만일 연구관으로 선발되시면 근무하실 생각은 있으신가요?"

"그럼. 선발될 수 없으니 지원서를 내지 않겠다는 것뿐이지."

"알겠습니다. 건강 조심하시고 또 연락드리겠습니다. 전화하면 전화나 잘 받아주십시오"

"그래 정말 고마워"라고는 전화를 끊었다. 생각지 못한 전화를 받고 가슴이 뭉클하면서 그래도 나를 기억해 주는 사람이 있으니 하는 생각으로 잠시 회상에 잠겼다. 옛 상사를 찾아갔을 땐 문전 박대를 받았는데 이렇게 도움을 주려 하다니 정말 말할 수 없는 고마운 생각이 들었다.

그리고 며칠이 지나서 그 일은 잊어버렸다. 그런데 김 양으로부터 다시 전화가 왔다. 연구관으로 선발되었으니 내일 국방부 정책기획실로 오전 10시까지 정장을 하고 나오시라는 전화였다.

아니 원서도 내지 않았는데 선발이라니 농담하지 말라고 했더니, 원서는 내가 국방부 취업과에 접수해 놓은 것을 복사해서 접수해 놓고, 실장에게 육본 정책실 근무 경력도 있으니 선발해 달라고 간곡히 부탁했다는 것이다.

정말 고맙고, 하늘을 날 것 같은 그 기분을 표현할 수 없었다. 같이 근무하는 동안 잘해 준 것도 없이 일만 시킨 것 같은데 이렇게 나에게 큰 도움을 줄 줄이야! 정말 꿈만 같은 생각이 들었다.

같이 공부하고 있던 친구들에게 출근 준비를 해야겠다고 말하자, 모두 의아해하면서 정말 잘됐다고 축하해 주고 부러워했다.

그때 사회인으로서 첫 취업으로 받은 국방부 출입증을 지금도 훈장처럼 보관하고 이 출입증을 볼 때마다 김 양에 대한 그 고마움을 잊지 않고 있으면서 매년 가을 김 양이 좋아한다는 대봉감을 보내주고 있긴 하지만....

그래도 한 번쯤은 출입증을 받은(89년 8월 2일) 그날의 기쁨과 고마움을 이야기하며 식사라도 해야겠다고 생각하면서도 지금까지 한 번도 시행하지 못하고 미루고 있다.

이제는 더 이상 미루지 말고 그날이 아니더라도 꼭 한번 시행해야겠다고 마음먹고 있다.

사회 직장 첫 출근

정장을 하고 예정 시간보다 먼저 출근하면서 예전에 느껴보지 못한 설레는 마음으로 국방부 정문을 들어섰다. 신고 시간이 되자 응접실로 나오신 실장님께서 개별적으로 악수를 하고 "자 앉으시지요"라고 회의용 탁자에 앉으면서 "먼저 전역하고 나가신 선배님들을 이렇게 뵙게 되니 반갑습니다"라며 간단한 인사 말씀을 하고 나가셨다.

전속 부관이, 출근은 내일부터 별관 정책 연구관실로 편한 복장으로 나오시면 된다고 말하면서 내 사진이 붙은 국방부 출입증을 건네주었다. 출입증을 받아든 그때의 기쁨은 무엇으로도 표현할 수가 없었다.

더욱이 신고하려고 긴장된 상태로 서 있던 우리 앞에 나오신 기획부 장님께서 반갑게 환한 웃음으로 신고는 무슨~ 하시면서 잡아주시던 다정하신 모습을 지금도 기억하고 지낸다.

연구관실에는 예비역만으로 편성된 연구관들이 조를 짜 부여된 연구 과제를 연말까지 제출하도록 되어 있었다. 그러나 나는 비상기획관 선발 시험 대상자로 하던 공부를 포기할 수 없다는 생각에 주간에는 연구관실에 출근 팀원들과 함께 근무하고 오후 퇴근 시간에는 보라매공원 도서관으로 가서 공부하고 있는 동료들을 만나 밤늦게까지 공부를 계속했다.

그해 마지막 비상계획관 선발 시험에 합격, 방산업체로 발령을 받게 되면서 그렇게 걱정했던 전역 후 나의 일자리 고민이 해결되었다.

문전 박대薄待의 아픈 기억

내가 살면서 경험해 보니, 남의 삶에는 그다지 관심이 없는 것 같았다. 그러나 인연을 맺고 지내 온 사람과의 관계는 때로는 무관심하게 대하는 것은 상대방에게 큰 상심傷心을 안길 수 있다는 것을 나는 알았다.

20여 년간 하던 출퇴근이 끊긴 지 몇 날이 지났다. 긴 날이 지난 건 아니지만, 백수건달이 되었으니 먹고 살 걱정은 접어 두고라도 활동할 수 있는 근거지를 찾아야 할 것 같은 생각이 들었다. 전역을 앞둔 시점에 선배 및 윗사람들이 "너무 걱정 마. 나가면 일자리 하나 못 얻어 주겠나"라고 말씀하시던 윗분 몇 사람이 생각이 났다. 그래 한번 찾아뵙고 말씀이나 들어보자 큰맘 먹고 나섰다.

부대 정문에서 묻는 용건에 인사차 왔다고 말하고 사무실 문 앞에서 부관 안내를 받고 들어가니 널찍한 책상에 앉아 있던 그분이 슬쩍 쳐다보고 "그래 왔어. 내가 지금 좀 바빠서"

앉아 보라는 말 한마디 없이 묻지도 않은 나에게

"요즘에 말이야 일자리 하나 알아보기가 쉽지 않아서"

"그래요. 저는 인사차 왔는데요. 바쁘신데 일하십시오"

바로 뒤돌아 나왔다.

'동냥은 못 줘도 쪽박은 깨지 마라'

나는 이 격언에 딱 들어맞는 대접을 받아 상처를 받고 돌아 나오면서 전속 부관한테, 나는 일자리 구걸하러 온 것만은 아니라고 말씀드려 달라 말하고 나오려 하자, 내오려던 찻잔을 옆으로 밀치면서 "죄송합니다. 원래 참모장님께서 정겹지 못해서요. 이해하십시오. 조심히 가십시오."

위로하는 부관이 어른스러워 보였고 나는 다시는 이런 망신을 받을 처신을 하지 말아야지 다짐한 후, 작심하고 취업 공부를 시작해 시험에 합격했다.

아무리 바쁘고 찾아오는 사람이 많고 부담스러워도 잠깐 짬을 내서 손잡아 주고 잠깐 이야기를 들어주는 것이 서로의 믿음에 정을 이어 갈 수 있는 것이 아니겠는가.

나는 당시 그분의 행동이 정말 가증可憎스럽기 짝이 없어 보였다.
나는 이때의 서운함을 잊을 수가 없었고, 이분의 진취성을 따라다니며 지켜보았다. 하늘의 모든 별을 다 가질 듯했던 그이는, 앉아서 나를 대했던 그 자리에서 더 이상 일어서지 못하고 주저앉은 모습을 멀리서 지켜볼 수 있었다.

미국 속담에, '빈 자루는 똑바로 서지 못한다.'라는 말이 있듯이, 속정俗精과 겉정精을 겸비하지 못한 사람은 높은 곳까지 미치지 못하고, 이를 담고 베풀 줄 아는 사람은 성공하는 길을 걷는 사람일 것이라는 속담이 어쩜 내가 겪었던 아픈 기억 속에 그이의 가증스러운 모습을 갖게 하고, 나는 빈 자루의 포대가 되지 않도록 정을 쌓으며 살고 있다.

노동조합 관리의 어려움

대기업 비상기획부장 및 감사부장 자리를 회사 정년 및 비상기획부장 임기 만료로 사직하게 되었다. 새로운 일자리를 찾기 위해 여기저기원서를 제출하고 기다리고 있던 차에 뜻밖에 택시 회사로부터 취업 통보를 받고 찾아가니 지금의 회사 환경과는 너무나 차이가 날 뿐만 아니라 급여도 절반 수준이고 주변 환경이 정말 엉망이었다.

하지만 내 나이에 수준 높은 또 다른 회사를 찾을 수 있다는 보장도 없고, 집에서 노는 것보다는 새로운 일자리가 될 수도 있다는 생각에 '그래 겉보기에 환경은 형편없이 보이지만, 근무해 보면 또 뭔가 보이겠지' 하는 생각에서 근무하기로 결정했다. 바로 다음 날부터 출근하기 시작하여 23여 년 동안 노사 업무와 교통사고 처리 전담자로 근무했다.

정말 많은 고통과 어려움이 따랐으나, 어려웠던 군 생활을 되뇌이며 수준 낮은 기사들은 사랑으로 다독이고 나이 많은 어르신 기사들에게는 예의를 갖춰 친절하게 대해 주었다. 다행히 큰 마찰 없이 근무할 수 있었으나 가장 힘들었던 것은 큰 틀에서의 노사 관계 정립이 가장 힘들고 해결하기 어려운 부분이었다. 그래도 노사 간 이해와 또 다른 회사보다 근무 조건을 좋게 해 줌으로써 큰 탈 없이 맡은 바 업무를 잘 수행해 왔다.

그런데 정규 해군사관학교를 졸업하고 영관 장교로 전역한 자가 신분을 감추고 택시 운전을 하던 기사가 자기 본연의 정체를 드러내면서 자기가 노조 위원장이 되면 보다 좋은 근무 환경과 급여 인상을 비롯한 모든 근무 환경을 개선해 줄 수 있다고 선동하고 나서자, 보기 힘든 정규 해군사관학교 출신의 약속을 믿을 수 있다고 생각하고 절대다수의 조합원 지지를 받아 노조 위원장에 당선되었다.

당선되자, 전에 없던 요구 사항을 들고나오기 시작, 노사 간 마찰이 시작되면서 수차례 노사 협의를 진행했으나 전에 없이 터무니없는 요구 사항 등으로 번번이 부결되었다.

그러자 조합장이 회사가 노조 요구 사항을 들어주지 않으면 분신 자살하겠다고 시너(휘발성 기름) 통을 들고 택시 주차장 2층 옥상으로 올라가 시위하는 등 위협적이고 강력한 행위를 자행하였지만 위원장 요구가 부당하고 적절치 못할 뿐만 아니라, 타 회사보다 복지 차원이나 급여 수준이 좋은 상태에서 더 이상 조합장의 요구를 수용할 수 없었다.

위원장이 어떤 시위와 협박을 해도 들어주지 않았고. 그 후 수차례 노사 협의가 부결되자, 회사가 노조 요구 사항을 들어주지 않으면 분신 투신, 자살하겠다고 시너 통을 들고 택시 주차장 2층 옥상으로 올라가 시위를 하기 시작했다.

그때마다 이를 경찰에 신고하자 만일 사태에 대비한 소방 및 경찰 특공대가 출동, 주차장 아래에 매트리스를 깔고 투신에 대비하는 등 긴장된 사태가 수차례 발생했다. 이러한 조합장의 위협적이고 강력한 행위가 계속되었지만, 위원장 요구가 부당하고 회사가 그동안 부정한 행위를 한 적이 없었기 때문에 위원장이 어떤 시위와 협박을 해도 들어주지 않았다.

조합장 요구에 정상적인 대응을 계속하자 회사 차고지 옥상에서 다섯

번째 분신 소동을 하면서 휘발성이 강한 시너를 몸에 붓고 라이터를 터치하는 순간 근거리 대기 중이던 경찰 특공대에 체포되어 압송돼 가면서 불안하고 무리한 조합 요구 사항은 끝이 났다.

하지만 이로 말미암은 노사 불신은 회사가 끝내 현 지역에서 사업을 포기하고 많은 손해를 감수하면서 타지역으로 이전함으로써 조합이 해체되고 그동안 조합원들끼리 퇴사 시 상부상조 지급해 왔던 수백만 원에 개별적인 전별금을 받지 못한 큰 손해를 입게 되었고, 조합장은 경찰에서 조사받고 풀려난 뒤 조합원 어느 누구에게도 아무런 말도 하지 않고 회사에 통보도 없이 잠적해 버렸다.

그 뒤로, 1년 후쯤에 조합원들 모두가 일 나가고 없는 낮 시간대를 틈타 불시에 회사에 나타나 일반 사무실을 피해 혼자 있는 사장실로 슬쩍 들어가 사장에게 아무에게도 자기가 왔다 갔다는 말 하지 말라고 부탁하면서 사표 용지를 사무실에서 가져오게 해 사표를 제출하고 나오다가 통로에서 나와 얼굴을 마주치게 되었다. 깜짝 놀라 웬일이야 하면서 손을 잡으려 하자, "예 볼일이 있어서요"라고 도망치듯 걸어 나간 뒷모습을 본 내 마음은 편치만은 않았다.

그렇게 당당하던 모습은 어디로 가고 죽지 빠진 새 새끼처럼 흐느적거리며 걷는 모습이 안쓰러워 보였다. 종적을 감추고 있던 그가 자진 출근 형식으로 회사에 나와 사표를 제출함으로써 법적으로 존재해 있던 조합장과 회사원으로서의 법적인 관계가 마무리됐다.

하지만 조합장 한 사람의 잘못된 주장으로 인해 노사 간 막대한 손해를 보게 한 것은 누가 책임질 것인가.

이러한 불행한 결과를 초래한 노사 분규 과정에서 보니 평소에 성실하고 회사에 협조적이던 조합원들도 개인에게 득이 된다는 조합장 설득에 동조하면서 강성으로 변하는 모습을 보면서 평소에 착실하고 성실한 회사원, 즉 조합원도 급여를 더 받게 해 주겠다는 조합장 선동에 적극 동의하고 나선 걸 보면 사람은 누구나 회사보다는 자기에게 득이 되는 쪽을 선택하는 것은 어쩌면 당연한 일이라 생각되었다.

이를 경험하면서, 자기 주장만 옳다고 고집하면서 상대 의견을 들어주지 않은 것은 해결의 실마리를 찾을 수 없다는 것을 알았다.

한발 양보하고 상대 입장을 이해하고 약간의 손해를 감수했다면 쌍방이 이렇게 지울 수 없는 낭패를 보지 않을 수도 있었다. 하지만 결정권자 한두 사람의 실수로 사업주는 사업을 접어야 하고, 조합원의 이익을 책임져야 할 조합장은 근로자의 생존이 달려 있는 일자리를 잃게 하는 중대한 실책을 한 것이다.

그럼에도 불구하고, 자기 주장과 요구가 실패하자 조합원들에게 미안한 생각이나 한마디 해명이나 사과 없이 야반도주로 면피하는 행위는 있을 수 없는 것이며, 아무런 판단 없이 조합장의 주장을 맹신한 조합원들이 뒤늦게 그들의 잘못을 인정하고 회사에 용서를 구했지만, 노사 모두가 때늦은 것으로 다시는 이런 일이 있어선 안 될 값비싼 경험을 가졌다.

진정한 친구에게 진 빚

기획실 연구관 임기를 마치고 생소한 택시 회사 전무로 취업, 근무 중
노동조합이 회사를 고발, 법정 다툼이 시작되었다.

노동조합에 지원되는 국선 변호사에 대응하기 위해서는 사측 변호사
선임이 필수였다. 하지만 높은 변호사 선임료라 포기한 상태여서 큰 걱
정으로 마음이 편치 못했다.

마침 평소 절친한 친구가 로펌(법률사무소) 대표로 있기는 하나, 가까
운 사이라 말을 꺼냈다가 다른 변호사 수임료와 같은 수준을 요구할 경
우를 생각해서 망설였다. 그러다 마지못해 찾아가 소송 내용과 과도한
수임료 부담을 이야기했다.

"당장 가지고 와"

"그럼 수임료는?"라고 묻자 "너와 나 사이에 무슨 수임료. 변호사 지정
착수금만 가져오면 돼. 모든 건 내가 책임지고 처리할게"

믿기 어려운 답을 들었다. 최소한의 금액을 준비해서 다시 찾아갔다.
봉투에서 돈을 꺼내 금액을 확인하더니 "야 무슨 돈을 이렇게 많이"라

면서 절반을 돌려주었다.

담당 변호사를 만나 사건 내용을 대략 설명했다. 가만히 듣고 있던 그는, "상당이 어려운 사건인 것 같은데 증빙 자료를 잘 챙겨 준비해 주셔야 합니다. 재판은 변호사보다는 사건을 맡긴 당사자의 철저한 대비가 우선되어야 합니다. 잘 부탁드립니다"

"부탁은 제가 드려야지요"

친근감이 드는 변호사였다. 3개월이 되도록 연락이 없어 친구에게 전화했다. 사건 진행을 물을 수 없어 "별일 없느냐?"라고 안부 형식의 전화를 했다.

"그래, 답답해서 전화했지? 걱정할 필요도 없고 기다리면 돼. 재판이란 게 하세월이야. 마음 놓고 기다리면 돼."

한결 마음이 놓였다. 접수 6개월 후부터 시작된 재판은 3회에 걸친 법정 심의 끝에 1심에서 승소했다. 원고인 노동조합 측 국선 변호사의 끈질긴 반격으로 고등법원 상고로 이어지고, 상대방 주장에 대한 답변서 작성을 위한 자료 준비가 정말 힘들었다. 이기고 지는 것은 변호사의 능력이라고 볼 수 없고, 증거 법정주의 중심에 법 제도하에서는 정당한 증빙 자료가 필수이기 때문에 자료를 수집, 정리하는 것은 정말 힘들고 어려웠다.

정말 어렵고 힘든 것은 증인이었다. 노사 간 분쟁의 소송이기 때문에 조합원, 즉 현재 근무 중이거나 이 사건 발생 시 근무했던 근로자 중에서 택해야 되기 때문에 이들 중 아무도 증인으로 나서 줄 사람이 없었다.

이 사건 전말을 알고 있는 조합원이 증인으로 출석, 사납금 전액 관리제에 대한 증언을 한다면, 쌍방 어느 쪽에 유리한 증언이 될지 예측하기 어려운 상황이기도 했다. 이러한 이유 때문에, 노사 어느 쪽에서도 망설이고 결국 증인을 내세우지 않았다. 증인 없이 고등법원 재판이 진행됐고, 고등법원에서도 피고인 회사가 승소한 기쁨을 안게 되었다.

이제 끝나겠지. 다만, 재심 요청 기일 30일을 넘겨야 확정된다는 생각에 조바심을 내며 기다렸다. 이제 포기하겠지 하는 기대감을 갖고 기다렸지만, 결국 대법에 항소장 접수를 통보받고 실망했다. 하지만 이 사건에 대한 대법원 재판은 더 이상의 답변이나 추가 자료 제출은 없다는 변호사 연락을 받았다.

최종 대법원에서 승소한다면 회사가 살아남을 것이고, 패소하면 거액의 추가 급여 지급을 감당할 수 없어 회사를 정리할 수밖에 없는 큰 사건이다. 결과를 예측할 수 없다는 생각에 큰 부담을 안고 기다릴 수밖에 별도리가 없었다. 대법원 판결이 나오기까지는 상당 기간이 걸릴 것으로 예상했으나 뜻밖에도 빠른 승소 판결을 통보받았다는 변호사의 전화를 받고 수화기를 들고 한참 동안 멍하니 서 있었다.

"고생하셨습니다. 승소했습니다."

회장실로 뛰어 들어가 "회장님 이겼습니다. 승소했습니다."라고 떨리는 목소리로 말할 수밖에 없었다. 소파에 앉아 있던 회장님이 일어서면서 아무 말 없이 꼭 잡아주시던 그때의 감정을 지금까지도 표현할 수가 없다.

한참 만에야 "수고했어 로펌 회장님, 변호사님께 감사 전화해야지"라고 하면서 눈시울이 붉어졌다.

최선을 다해 3년여에 걸쳐 변호를 맡았던 채재영 변호사님과 염동석 동기생, 대법원까지 승소해 회사와 나에게 큰 기쁨을 안겨 준 그 고마움을 지금까지 잊지 않았고, 아니 언제까지나 간직하고 살아갈 것이라 다짐했는데....

그 다짐이 시들기도 전에 그 친구와 오랜 정을 나누지 못한 채, 다시는 되돌아올 수 없는 강을 건너 버렸다는 소식을 뒤늦게야 접했다. 참으로 인생의 허무함을 느끼면서 문상도 하지 못한 죄를 용서받고 싶었다.

그 언젠가 그가 나에게 "친구라고 다 친구가 아니야"라고 말해 준 의미를 지금까지도 이해할 수가 없다. 하지만 이 친구가 문득 보고 싶고 생각날 때면 전철을 타고 교대역 회사 부근 그 식당을 찾아간다. 그와 마주앉았던 그 식탁에 앉아 그때의 모습을 가슴에 안고 되돌아오면서 인생이란 정말 이런 것인가. 건강했었는데....

로펌 회장이면서 성공한 사람으로 존경스러운 친구였다.

그러나 몸이 아파 병원에 입원했다는 소식도, 명을 달리했다는 소식도, 널리 알려줄 수 있는 사람도 주위에 없었다는 말인가. 어떻게 처신하고 주위를 관리해야 이런 일 없이 잘살고 갔다고 할 수 있을까. 상념에 잠겨 나를 뒤돌아보면서 돌아오곤 한다.

생과 사의 갈림길

파란만장한 22여 년간 군 생활에서 퇴역한 직후 곧이어 23년간 운송업체 전무로 재직하면서 교통사고 처리 업무 일부를 관리 감독해 온 과정에서 발생한 불의의 사고는 내 인생의 진로와 내 인생관을 바뀌게 했다.

매일 아침 사고 분석을 하고, 이에 따른 조치를 취하기 위한 현장 조사를 하고 돌아 나온 횡단 보도 근처에서 신호를 무시하고 달려온 오토바이 사고로 정신을 잃은 순간,

높은 산꼭대기에 위치한 호수에서 수영도 하고 깊은 계곡을 빠져나와 넓은 초원을 신나게 달리다 황홀한 빛이 번쩍 눈에 들어오면서 내 정신으로 되돌아온 때까지가 저승이었고,

중환자실을 찾아온 친구들이 큰일 날 뻔했다며 손을 잡아주는 또렷

한 순간부터가 이승으로 되돌아오지 않았나 싶다.

중환자실에서 도뇨관導尿管을 끼우는 순간, 나는 이제 저승으로 가는 구나 생각되면서 지난 일들이 주마등처럼 떠올랐다. 군 지휘관 시절 지휘 책임을 물어 군법회의 대기 상태일 때 베트남 작전에서 전사했다면 국립묘지에 묻혔을 텐데, 불명예 전역을 당할 수도 있다는 생각에 자살을 결심, 허리에 찬 권총에 손을 대는 순간 아빠하고 부르는 딸 목소리에 놀라 손을 떼었다.

전역 후 옛 부하 여직원 도움으로 취업했던 일, 어렵고 힘들었던 회사 노조원 관리, 이렇게 쉽게 갈 길을 그렇게 힘들게 살았을까 하는 생각 등으로 나도 모르게 흘린 눈물로 베갯머리를 적시곤 했다.

집사람이 "여보 오늘 일반 병실로 옮겨간대"라는 말을 듣는 순간 죽지 않고 살아 있음이 너무나 고맙고 감사했다.

더 입원이 필요하다는 의사 권유가 있었으나 회사 일이 걱정되어 퇴원하고 출근했다. 그런데 건강 상태가 전 같지 않았다.

'이제 그만둘까' 생각하면서도 내 인생의 졸업장이 될 수도 있다는 생각에 망설였다. 그러나 더 이상 미룰 수 없다는 생각에 사직서를 제출했다.

나와 거의 동년배인 회장이 만류하셨으나 내 의견을 말씀드리고 우리 회사 근무 경험이 있는 사람을 추천, 며칠간에 걸쳐 업무를 인계하고 퇴근 후 집사람에게 사표를 제출했다고 말하자 "당신이 쉬는 것은 백번 잘한 결정이지만, 당신 성격에 집에서 어떻게 지낼지를 걱정했다"

출근이 멈추던 날 여느 때처럼 출근 준비를 하고 있던 나를 보고 "여보 오늘은 나와 같이 집에서 쉬자"라는 소리에 털썩 소파에 주저앉아 창밖을 보니, 해는 변함없이 떠 있는데 멈춰야 한다니 그래 지금의 내 행동이 아직도 욕심을 다 버리지 못한 데서 하는 행위일 거라고 생각이 들면서 친구들과 평소 주고받던 말들이 떠올랐다.

죽을 때는 빈손으로 간다. 욕심부리지 말고 베풀고 살아라. 누구나 그렇게 쉽게 말하지만, 실천은 이기적이었다. 빈손으로 가는 걸 경험하지 못했으니 실천하지 못한 것은 당연하다. 빈손으로 갔다 온 경험이 있는 나도 쉽게 버리지 못한 것은 사람이기 때문일 것이다.

내가 죽거든 손을 밖으로 내놓아 남들이 볼 수 있게 하라. 천하를 쥐었던 알렉산드로스도 떠날 때는 빈손으로 간다는 걸 보여주고자 했다. 욕심을 내려놓는다는 게 범인으로서 쉽지만은 않다는 걸 느끼게 한다.

그럼 지금의 나는 누구인가. 팔순을 앞에 둔 지금까지 남에게 얽매여 살았으니 이제 모든 욕심 다 버리고 내 뜻대로 살아가야겠다는 생각으로 마음을 바꾸는 순간, 세상이 확 트이고 이렇게 살아 있음이 더없이 즐겁고 행복하기만 했다. 그래 이제 당신과 함께 있자.

사람은 그 누구도 내일이라는 날짜를 장담할 수 없고, 어느 날 죽음을 맞이할지 모르고 살고 있다. 이를 경험한 나는 모든 욕심 다 버리고 전보다 더 겸손하고 더 사랑하고 배려하며 베풀어 가며 살고 있다.

내가 저승儲承 명부에 등록하려 하자 이승에 가서 좋은 일 많이 하고 돌아오라는 저승사자 배려에 보답하기 위해 나를 버리고 남을 위해 일할 수 있는 요양보호사 자격증도 획득하였으니, 이제 남은 인생 남을 위해 일하도록 노력할 것이다.

의심의 눈으로만 보는 사회

사람은 저마다 생각이 다르고 취향이 같지 않다. 그래서 우리는 그 차이와 다양성을 존중하며 조화를 이루어 가려고 노력한다.

그러나 그중 양심을 따라 행동하기란 어려운 일인가 보다. 올곧은 양심과 정직함을 가리기 위해 한쪽으로만 치우치지 말고 수평 저울을 평탄한 면에 올려놓고 평가하려고 하지 않고 선입관과 상대방 지위와 외모에 치우쳐 평가하는 우를 범하는 사례를 나는 가끔 보아 왔다.

내가 겪은 실례를 들어 본다. 허름한 바지에 축 늘어진 볼품없는 와이

셔츠를 걸치고 여의도에 있는 한 증권 매장에 들어갔다. 안내원 겸 경비원이 "어떻게 오셨습니까"

"왜 들어오면 안 돼요?"

"이곳은 증권 거래 손님들만 들어오는 곳이에요"

"저는 증권 거래할 사람으로 보이지 않나요? 상담하려 왔는데요."

"저쪽으로 가 보세요."

몹시 불친절하고 불쾌不快했다.

며칠 후, 넥타이 정장에 전번과 비슷한 시간에 들어갔다. 전번 근무 경비원과 마주치고 싶은 생각에서 말이다.

그이와 마주쳤다. 그는 거수경례에 묻지도 않고 안쪽으로 들어가시라는 방향도 제시해 줬다. 이럴 수가~ 전번 근무자의 태도가 이렇게 달라질 수 있을까 놀라웠다.

사람의 내면과 본질은 보지 않고 겉모습으로만 보고 선입감으로 평가하다니 말이다.

당연當然히 처음 받은 인상이나 느낌은 쉽게 바뀌지 않는다. 그러므로 첫인상, 첫 행동, 첫 시작이 중요하다는 것을 명심해야 한다.

현실 적응을 위해 배워야 했다

지루한 날을 보내고 있던 차에 전에 함께 근무했던 회사 직원에게서 전화가 왔다. 내가 인계해 준 업무 처리를 하다 보니 조언을 받고 싶어 필요한 부분을 이메일로 보낼 테니 수정 후 다시 메일로 보내 달라는 부탁을 받았다. 그러고 나니 이메일을 받아 볼 수는 있어도 수정한 자료를 이메일로 다시 보낼 수 있는 방법은 알지 못해 답답하고 한심하다는 생각이 들었다.

그래 이제는 내 일을 도와줄 사람은 내 주위에 아무도 없다. 모든 일 처리를 나 혼자 해야 하니 이제 배워야겠다는 생각에 시 복지회관 컴퓨터 교육 및 스포츠 댄스 과정에 등록해 각각 주 2회 교육을 받았다.

그뿐만 아니라 하남시 주관으로 실시한 일자리 희망자를 대상으로 교육할 교관 요원 양성 교육을 받고 컨설턴트 1급 자격증도 획득하였다.

내친김에 건강이 좋지 못한 집사람 뒷바라지에 도움이 되지 않을까 하는 생각에서 6주간에 걸친 요양사 교육을 수료하고 평가 시험에 합격, 요양 보호사 1급 자격증도 획득했다. 칠순을 넘어 팔순이 되는 나이에 내 할 일은 내가 해결할 만큼 자신도 생겼다.

이제 건강도 챙겨야겠다는 생각에 스포츠 댄스를 시작했으나, 너무나 생소한 것으로 순서 따라가기가 정말 힘들었다. 더욱이 남자가 여자를 리드해야 하기 때문에 순서를 모르면 옆 사람과 부딪힐 뿐만 아니라 파트너 손잡기가 민망해 더 이상 배우러 나가기가 싫어졌다. 하지만 기왕 마음먹은 것 포기할 수 없다는 생각에 휴식 시간에도 쉬지 않고 연습하고 시간이 끝나고 집에 돌아가야 하는 사람도 붙잡고 가르쳐 달라고 해 배워 나갔다. 그러나 단순한 운동이지만 순서를 기억해서 따라가야 하고 춤사위도 멋 부려 내야 하는데 따라가기 힘들고 옆 사람에게 피해만 주는 것 같아 완전하지는 못해도 어렴풋이 중급 과정 정도를 마치고 포기하고 말았다.

이것저것 필요하다고 생각되는 것을 배우다 보니 그래 내가 뭣 하다가 여기까지 와서 허둥대고 있는지 뒤돌아보면서 정리해보고 싶은 생각이 들었다.

그래서 가끔씩 메모해 두었던 것들을 주워 모아 보니 꽤 많은 기억을 되살릴 수 있는 것들이 있어 이들을 예쁘게 문학적으로 정리할 수 있는 기술을 터득하기 위해 구청 문화회관 글쓰기 과정에 등록, 수학 끝에 한국 국보문학 수필 부문 신인 작가로 등단하는 영광을 얻었다.

뒤늦게 여러 가지 배우는 과정을 겪으면서 본인의 취미에 맞고 배우고 싶은 것은 누가 뭐라 하지 않아도 자신도 모르게 따라 하고 열심히 하게 된다. 하지만 자기 생각과 다르고 관심이 없는 부분에 관해서는 다른 사람의 권유가 오히려 거부감으로 와 닿는다는 것을 느꼈다. 공부에 취미 없는 자녀에게 취향을 살펴서 눈치껏 권유하지 않고 무조건 공부하라고 강요만 한다면, 이를 받아들이지 못하고 본의 아니게 부모님 생각과 엇나갈 수 있다는 교훈을 뒤늦게 얻었다.

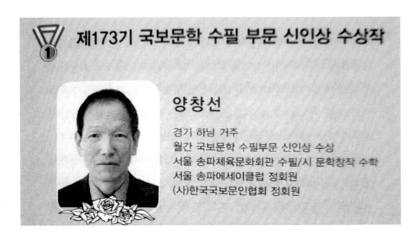

제173기 국보문학 수필 부문 신인상 수상작

양창선

경기 하남 거주
월간 국보문학 수필부문 신인상 수상
서울 송파체육문화회관 수필/시 문학창작 수학
서울 송파에세이클럽 정회원
(사)한국국보문인협회 정회원

5부

잊히지 아니한 일들

정직한 삶을 가르쳐 주신 선생님

나는 집이 가난해서 점심 도시락을 모르고 지냈다.

어느 날, 옆자리 친구가 도시락을 나눠 먹자고 해 나눠 먹기 시작했고, 이를 지켜 본 애들이 자기 도시락 뚜껑에 밥과 반찬을 조금씩 담아 내 책상에 갖다 놓기 시작했다. 그래서 도시락을 싸 오지 못한 친구들을 불러 같이 먹었다.

어느 날 선생님이 빙 둘러앉아 도시락 뚜껑에 밥을 먹고 있는 것을 보시고 놀란 표정으로 아무 말 없이 나가셨다. 수업을 마친 선생님이 "반장, 잠깐 나 좀 보고 가"

교무실로 따라간 나에게 언제부터 밥을 나눠 먹었느냐고 물으셨다. 다음 날 첫 시간에 "너희들이 착한 학생들이라는 것을 이제야 알게 되어 부끄럽구나"라고 하시면서 수업에 임하셨다.

나는 당일 오전 수업이 끝나 옆 친구가 도시락을 꺼내기 전에 느티나무 그늘 밑으로 갔다가 점심시간 끝 종이 울려 교실로 들어가니 옆자리 친구가 "선생님이 우리와 같이 먹기 위해 도시락 가져오셨다가 반장 어디 갔느냐고, 찾다가 네가 없으니 식사를 하지 않으셨다"라고 했다. 죄송스러운 생각이 들었다.

6학년이 되었다. 나는 진학은 생각지도 못했지만, 중학교 입학시험 성적이 3등 안에 들면 장학생으로 입학할 수 있다는 희망을 가지고 열심히 공부했다. 그런데 큰일이 생겼다.

펜촉에 묻혀 쓰는 잉크가 들어 있는 잉크병을 실로 묶어 다니던 어느 날 장난삼아 병을 빙빙 돌리고 가다 줄이 끊어지면서 가게 유리창을 깨뜨리고 말았다. 주인이 쫓아 나와 내 책 보따리를 빼앗고 유리값을 가져와야 돌려준다는 것이다. 다음 날 가게에 가서 사정했으나 거절당하고 난 후 집에 가지 못하고 아무런 생각 없이 학교로 가 운동장 구석 씨름장 모래밭에 주저앉아 시름없이 모래성을 쌓고 허물기를 반복하였다.

유리값을 내일까지 가져오지 않으면 학교에 알려 퇴학시키겠다고 했는데, 머리엔 오직 유리 생각뿐, 사방이 어두워지기 시작했다.

어디론가 가야지 하고 일어서는 순간 교실 안 선생님 책상 위에 깔려 있는 유리를 가지고 가자 하는 생각이 번개처럼 떠올랐다, 학교 본관 불빛을 피해 뒤에 있는 건물 복도 문을 열고 교실로 들어가 책상 위의 유리를 들고나왔다.

가슴이 뛰고 발걸음이 떨어지지 않았다. 불빛이 없는 변소 뒤쪽 학교 후문으로 나와 아무도 없는 어두운 골목에 유리를 내려놓고 숨을 돌리며 소변을 보는 순간 누군가가 "야 이놈아 어디에다 대고~"라면서 꽥 소리를 지르는 바람에 기겁을 하고 그 자리에 주저앉았다. "이놈아 남의 담벼락에~"라고 하면서 가 버렸지만, 일어나 보니 아래쪽 바지가 흠뻑 섯

199

어 있었다. 정신을 차리고 가게로 가 유리를 내밀었다.

유리를 받아든 주인이 "돈으로 가져오면 될 걸"이라고 하면서 책 보따리를 내 주었다. 가게 문을 나설 때 허기가 져서 쓰러질 것만 같았다.

어제저녁 일 때문에 지쳐서 늦게 일어나 학교에 가면서 '혹시 어제 본 사람은 없었을까? 지금 교실에서는 유리가 없어졌다고 야단이지 않을까?' 불안한 생각을 하면서 간신히 교실에 들어갔다. 별 반응 없이 수업이 시작되고 선생님이 책상 위를 보았지만 아무 일 없이 넘어갔다. 그런데 수업이 끝나고 뒷정리 청소를 하던 애들이 책상 위의 유리가 없어졌다고 보고해서 선생님이 오셨다. "그래 나는 아침부터 알고 있었어. 유리 신경 쓰지 말고 청소 다 했으면 다들 돌아가"라고 하시면서 교무실로 내려가셨다. 이제 끝났다. 천만다행이다. 이제 생각하지 말자.

그리고 며칠이 지난 토요일 종무식을 마치면서 선생님이 "반장 잠깐 교무실로 왔다 가"라고 하셨다. "예" 대답하는 순간 불길한 생각이 들었다. 좀처럼 교무실로 부르는 일이 없었는데 교무실에 가지 말고 그냥 갈까, 아니 아예 내일부터 학교를 다니지 말까 생각에 잠겨 있는데, 누가 등을 툭 치면서 "뭐해 빨리 오지 않고"라고 하는 것이다.

깜짝 놀라 돌아보니 선생님이었다. 선생님 따라 교무실에 들어서자 선생님 옆 의자에 앉으라고 했다. 책상 서랍을 덜거덕거리며 뒤적이더니 알사탕 두 개를 꺼내 한 개를 입에 넣고 빙그레 웃으시며 한 개를 나에게 건네셨다. "그래 잘못했으면 선생님에게 말할 것이지, 왜 그런 일을 했어?"라고 하시는 거다.

가슴이 철렁 내려앉는 것은 물론, 그만 사탕을 꿀걱 삼켜 버리고 벌떡 일어나서 "선생님 잘못했습니다."

"그래 앉아라. 누가 볼라. 잘못한 것 알았으면 됐다. 이제 다시는 그런 생각하면 안 되는 거야. 나는 너를 믿어. 성실하고 착한 네가 왜 그런 일을 했는지 알아. 하지만 선생님에게 책 보따리 빼앗겼다는 걸 왜 말 안 했어? 그것이 섭섭할 뿐이야."

"이 일은 아무도 몰라. 너하고 나하고 가게 집주인도 아무에게도 말하지 않겠다고 약속했어. 너에게 말하지 않으려고 했으나, 교훈이 되도록 이야기하는 거야. 나쁜 짓 하면 반드시 알게 된다는 것을 가르쳐 주기 위해서야. 알겠니?"

그리고는 내 손을 꼭 잡으시고 "정직하게 살아야 한다는 것을 명심하고 돌아가"라고 하시던 그때 선생님의 목소리를 평생 기억하고 살면서 선생님의 가르침을 잊지 않고 실천해 왔다.

어린 나에게 정직함과 용서하는 방법을 제대로 가르쳐 주셨다. 지금까지 살아오는 동안 내가 용서해 줄 위치에 있고, 내가 용서해 줄 수 있는 능력이 부여된 일이라면 평생 선생님께 배운 대로 실천함으로써 군에서나 회사 감사직에서도 잘못이 있을 시 지적보다는 시정할 수 있도록 방향을 함께 생각했다. 택시 회사 근무 시에는 사납금 횡령 적발이나 불친절 등으로 신고 접수 시 처벌하지 않고, 어떻게 하면 상대에게 잘못을 뉘우쳐 스스로 더욱 발전하는 부하와 사원이 되게 할까 하는 등의 도움을 주며 살아왔다.

나는 당시 용서받지 못할 큰 잘못을 저질러 퇴학 처분을 받아야 마땅함에도 불구하고, 처벌 대신에 사람은 정직하고 성실하게 살아야 한다고 가르쳐 주시어, 지금의 나를 있게 해 주신 선생님의 은혜를 잊지 않고 항상 염두에 두고 살아왔다. 나는 매년 스승의 날이면 생각나는 조학근 선생님 고마웠습니다. 감사합니다.

실수를 용서하는 지휘관의 지혜

지휘관이란 광범위한 분야를 혼자 감당하기엔 힘겹고 부담스러운 것은 사실이다. 부대 승패의 모든 책임은 오로지 지휘관 너에게 있다는 지휘관의 책무를 지키기 위해서는 사력을 다해 노력하지 않으면 안 된다. 당자사들은 항상 긴장하고 어려워한다. 그래도 실수가 있을 수 있고 그 실수는 상관에 따라 웃음으로 또는 덕담으로 덮여질 수도 있고, 책임 추궁으로 더없이 능력 없는 자로 낙인 찍는 경우도 있다.

한번 실수를 어떻게 받아주느냐에 따라 결과는 턱없이 큰 것으로, 당사자를 더 발전시킬 수 있는 계기가 될 수도 있고, 일어설 수 없는 낙오자로도 만들어 버리는 경우를 나는 수없이 봐 왔다.

그 한 가지 예로, 무더운 여름철 야외 훈련장을 방문하러 온 VIP에게 대접할 점심 식사 준비를 위해 계곡에 텐트를 치고, 그 지역에서 가장 특징 있는 메뉴로 점심 준비를 해 현장으로 이동, 마련한 간이 탁자 위에 차림 준비가 끝나기 직전에 VIP 헬기가 도착했다. 바쁘게 준비를 마무리할 무렵 탁자 위에 숟가락만 보이고 젓가락이 놓이지 않았다.

"선임 하사, 젓가락 놓아야지."
준비해 온 상자 속을 뒤지던 선임 하사의 얼굴이 하얗게 질렸다.
"왜 그래?"
"젓가락을 빼먹고 안 가져온 것 같습니다."
"그래, 어떻게 하지? 빨리 만들어! 칼 가지고 진달래 가지를 꺾어서 만들어. 그렇게 할 수밖에 없잖아? 빨리 만들어."
허겁지겁 식사 준비를 하던 사병들이 달려들어 들쑥날쑥 잘생긴 놈, 못생긴 놈 젓가락을 만들었다.

내가 그것들을 들고 가서 숟가락 옆에 놓았다. 아무 말 없이 이것을 보고 서 게시던 군단장님께서 낮은 목소리로 물으셨다.
"젓가락을 안 가져왔구나. 어 그래 됐다 됐어"라며 앉으시더니 VIP 손

님들을 둘러보시며

"야외 기분이 나도록 젓가락은 현지에서 조달했답니다. 나무 냄새가 나서 더욱 좋네요."라고 말씀하셨다. 참석자 모두가 함박웃음을 지으며 즐겁게 식사하시는 걸 보고 나는 너무나 많은 것을 배우고 느끼게 되었다.

장 하사 미귀未歸 사건의 충격

평소 성실하고 착하게만 근무하던 장 하사가 중대장실로 찾아왔다. 소대장을 통해서 의사소통을 하도록 하는 규정을 어기고 직접 온 연유를 묻자, 절차를 거쳐야 할 만큼 여유가 없어 급히 집에 어머니를 찾아뵈어야 한다면서 며칠간만 꼭 휴가를 보내달라는 것이다.

성실성을 감안, 소대장을 불러 휴가를 가야 할 큰 이유가 있는 것 같아 인사계를 통해 조치하도록 허락했다.

며칠 후, 장 하사가 귀대 시간인 12시가 지났는데 들어오지 않으니 미귀 보고를 한다는 당직자 보고를 받았다.

"내일 아침까지 기다려 보자."

미귀할 사람이 아닌데.... 당시는 요즘처럼 휴대폰도 없고 일반 전화도 흔치 않아 확인할 길이 없어 믿고 막연히 기다려 보든지, 미복귀자 미보고 책임을 면하기 위해 즉시 보고하든지, 택일해야 했다.

나는 다음 날 아침까지로 정하고 기다려 보기로 했다. 그러나 끝내 기대했던 시간이 몇 시간 지난 후 헌병대에서 연락이 왔다. 헌병 초소 검문에서 적발되어 헌병대로 후송 중이라고, 나는 헌병대로 달려갔다.

방금 도착한 장 하사는 조사 대기실에 핼쑥한 얼굴로 앉아 있었다. 나는 조사하기 전에 헌병대장실로 들어가 장 하사와 면담을 허락받고 미귀 사유를 말하라 했지만, 미적거리며 말하려 하지 않고 늦게 들어와서 죄송하단 말만 반복했다.

미귀하면 영창 가야 하고, 장기 복무 하사도 취소되니 이를 피하기 위해서는 중대장에게 솔직히 사유를 말해야 중대장이 책임지고 도와줄 수 있다고 설득하자 사유를 이야기했다.

군에 입대하기 전 어머니와 함께 광주 충장로에서 본인이 주방장을 하고 어머니가 마담 겸 다방 레지를 하면서 엄마가 고생하는 걸 보고 돈벌어서 어머니 다방 생활을 면하게 하기 위해 장기 하사를 지원 입대했는데, 혼자 있는 엄마가 너무 걱정되어 집에 와 보니 이제 어머니 혼자 두고 귀대할 수 없다는 생각에 탈영을 결심했다고 했다.

귀대 시간을 미루고 있는데, 눈치챈 엄마가 "너를 믿고 특별 휴가를 보내 준 중대장님을 실망시키면 나중에 엄마도 실망시킬 너를 어떻게 믿고 살겠냐. 얼능(빨리) 부대로 들어가라"라는 독촉에 늦게 출발했단다.

나는 헌병대장에게 영창에 넣지 말고 중대장에게 인계해 달라고 하자, 법대로 처리할 수밖에 없다고 거절했다.

나는 참모장실로 가 면담을 요청, 부모님을 위해 장기 복무를 지원한 김 하사에게 한 번의 기회를 달라고 건의하자, 중대장이 휴가 미귀자에 대한 세심한 신상 파악으로 처벌보다는 선처를 구하는 중대장의 부하 관리에 대해 칭찬하면서 알았다고 말씀하시던 참모장님의 모습을 지금도 기억하고 있다.

참모장실에서 나와 헌병대 대기실에서 김 하사가 나올 때까지 기다려 오후 늦게 김 하사 손을 잡고 중대로 돌아오자 중대원 모두가 환호성으로 맞이했다.

그 후 김 하사는 혼자 다방을 운영하는 엄마가 걱정되어 장기 복무 지원 취하를 꾸준히 요구, 전례 없는 허가를 받아 일반병으로 잔여 근무를 마쳤다.

중대장을 마치고 군단 작8전처 상황 장교로 근무하고 있는 나를 찾아와 "감사합니다 중대장님. 만일 중대장님의 도움 없이 영창 생활을 하고 나왔다면 그때 저는 아무 희망 없는 이 세상을 저버리고 떠났을 것입니다. 오늘을 있게 해 주신 중대장님 잊지 않고 열심히 살겠습니다."

고맙다는 말을 잊지 못하고 돌아서는 김 하사의 눈가에 이슬이 맺혔다. 김 하사의 사건을 거울삼아 군 생활 내내 잘못을 저지른 병사 누구에게나 뺨 한 대 때려서 바로 잡았지, 내 손으로 영창에 보내는 일은 하지 않았다. '법보다 주먹이 앞선다'는 말을 내 군 생활에 적절한 지휘 방법으로 선택, 법에 의한 처벌보다는 호된 꾸지람이나 적절한 체벌體罰로 대신하여, 평생 지울 수 없는 법에 의한 처벌 없이 부하를 관리한 것은 참 잘한 것 같다.

사단 PX 관리 장교

위관 장교로서 전후방 여러 보직을 두루 경험하고 난 후, 영관 장교로 진급함과 동시에 사단 PX 관리관으로 임명을 받았다. 재산 인수인계 과정에서 현물 실사도 하지 않고 장부도 확인하지 못한 상태에서 대차 대조표에 의한 인수장에 서명하라는 전임 관리관의 요구에 놀랐다.

이를 들고 참모장실로 달려가 참모장님을 뵙고, "대차대조표가 뭔지도 알 수 없고, 관리 장교는 상고 출신이어야만 가능할 것 같으니 저는 도저히 인수 받을 수 없다."라고 건의하자, 군인은 자기가 하고 싶은 것만을 마음대로 할 수 없다는 것이다.

"주어진 임무를 수행하는 방법을 찾아서 행하는 것이 군인이다. 사단에 많은 장교가 있지만 양 소령을 적임자로 선택한 것이니, 현재 근무 중인 관리병들과 함께 인수 잘 받도록 하라."

"명심할 것은, 남이 준 돈은 독약이라고 생각하고 임무 수행하면 될 것이야."

나는 업무를 수행하는 동안 여러 차례 부정한 거래 요구를 받았으나, 그때마다 참모장님의 말씀을 떠올리며 정직한 거래만을 해 왔다.

그 결과, 불시에 전군 사단 PX를 새로 창설된 국방부 국군 복지단으로 이관하라는 국방부 지시에 의거, 인계하는 과정에서 단 하나의 과부족 손실 없이 인수인계서에 서명을 받아 참모장님께 제출하였다.

정말 놀라시는 표정으로 "고생했다. 많이 걱정했는데"라며 관리자 전원과 함께 포상 휴가나 다녀오라고 하시면서 포상금을 주셨지만, 포상금보다는 처음 임무 부여 시 남이 준 돈은 독약이라고 주의를 준 그 말이 진정한 포상금이었다는 생각이 들었다.

208

군단 본부대장

어디가 끝이고 시작인지 알 수 없는 바쁜 일정이 계속된 와중에 육군대학 입교 예정은 되어 있었으나 입교 일정은 잡히지 않은 상태에서 군단장이 교체되었다.

군단장이 바뀌면서 비서실장이 적당히 할 만한 사람도 없고 1년간 더 본부대장을 하라는 것이다. "육대 입교 예정이 되었으니 입교할 수 있도록 해 주십시오"라고 말씀드리자, 육대 입교는 연기해 줄 수 있으니 걱정하지 말고 계속 근무를 하라고 권했다. 나는 대답 없이 망설였다.

그런 일이 있고 며칠 후 후임 본부대장이 선발되었다고 인사처에서 통보를 받았다.

다행이다 싶어 인수인계 준비를 하고 있던 차에 감찰부에서 본부대 감찰 조사를 할 테니 준비해 달라는 통보가 왔다. "무슨 이유에서 감찰 조사를 하느냐"라고 물었더니 "철저한 감찰 조사를 통해 본부대장 인수인계를 시키라는 군단장 지시"라고 했다 정말 어이가 없었다.

다음 날 감찰 조사가 시작되면서 예상치 않았던 감찰부 전원이 투입되었다. 수송부 수리 비용 및 운영 현황을 비롯하여 장교식당 운영 등 정말 작심하고 시작한 것 같았다.

그러나 난 걱정하지 않았다. 마음대로 파헤쳐 보아라.

무엇이 문제인지 장교식당 선임하사, 수송부, 수송관 며칠간 시달린 모양이었다. 특히 본부중대 인사계는 혼쭐나게 조사받으면서 "이번 조사는 오랜 군 생활에서 처음 당하는 것 같습니다."라고 푸념했다.

약 1주간 조사 후 참모장이 나를 불러서 갔다.

"그래 조사를 받느라 고생했다. 조사 결과 특별한 것이 없다 하니 다행이다."

내가 전혀 걱정하지 않고 떳떳하게 임할 수 있었던 것은 단 하나 '돈'에 손댄 적이 없었다는 자신감에서였다. 수송부 정비비, 본부대 운영비, 장교식당 운영비 등에서 챙길 수 있는 잉여금 착복 등 정말 여지가 많았지만, 난 모든 것을 담당자에게 일임하였고 말 그대로 감독 통제만 했을 뿐 절대로 이권에 개입하거나 금전 문제에 전혀 관여關與하거나 챙기지 않았기 때문이다.

그러나 이런 나의 마음과 부대 운영을 믿지 못했는지, 1년만 더 본부대장을 하라는 지시에 불응한 괘씸죄가 적용되었는지 알 수는 없었지만, 보고를 받은 군단장이 감찰 참모에게 "본부대장에게서 무엇을 먹었느냐? 이따위 보고를 하고.... 헌병대 수사관을 보내 재조사해서 잘못이 드러나면 너도 처벌을 받을 줄 알아라"라고 하면서 헌병대에 재조사 지시를 했다는 감찰부 통보를 받았다.

다음 날 헌병대 수사과장이 수사관을 대동하고 본부대에 왔다.

그리고 감찰 조사와 별개로 조사할 테니 협조하여 빠른 시일 내에 끝내고 보고할 수 있도록 협조해 달라는 것이었다. 그리고 재조사가 시작되었다.

정말 털어서 먼지 나지 않는 게 있을까 싶을 정도로 조사했으나, 장부 정리 기록 및 누락 등 담당자들이 책임져야 할 만한 사소한 것 외에 본부대장에게 올가미 씌워 학교 입교도 못 하고 죄인 만들 수 있는 잘못을 헌병 수사과에서도 찾지 못했다.

헌병대장으로부터 조사 결과를 보고 받은 직후 군단장실로 오라는 통보를 받고 전속 부관 안내로 군단장실로 들어서니 참모장이 배석해 있었고 들어서자마자

"똑바로 해. 너 인마 이곳에서 떠난 뒤에도 계속 두고 보겠어. 네가 어떻게 처신해서 조사를 받았는지 몰라도 난 너를 인정할 수 없어 인마! 당장 나가"

이것이 군단장의 총평이었다. 난 군단장실에서 나오면서

'그래 나를 처벌하지 못해 억울하다는 건가? 나도 당신이 얼마나 출세를 계속하는지 두고 보겠지만 내가 무슨 힘이 있다고...'

혼자 생각하면서 본부 대장실로 내려오니 신임 본부대장이 와 있었다.

난 인수인계를 감찰부와 헌병대에 다 했으니 인수인계 서류만 보시고

의심나는 것이나 더 알고 싶은 것이 있으면 실무자에게 물어보라고 답하고 본부 대장실에서 나왔다.

정말 홀가분했다. 처음으로 퇴근 시간을 맞춰 퇴근해 본 것 같았다.

죄목을 찾아 군법 회의에 회부하든가, 자체 징계 처분해서 불명예 전역 시키고, 군단장 자신의 위상을 높이고, 예하 부대에 강한 인상을 주어 부대를 지휘하려던 생각을 이루지 못하고, 오히려 본부대장의 훌륭하고 강직한 부대 관리만 홍보해 준 결과를 낳았으니 얼마나 화가 났을까 하는 생각이 들었다.

이 사건을 알고 있던 여러 사람에게서 위로의 전화를 수없이 받았다.

이번에 걸친 철저한 감찰, 헌병조사과 조사에서도 무사할 수 있었던 것은 평소 사심 없이 성실한 부대 관리 결과라 생각하면서, 수없이 모시고 스쳐 간 상관들의 이름은 기억되지 않고 잊혀졌지만, 오로지 권익겸 군단장 이름은 지금까지 악연으로 깊이 기억되고 있다.

정情겨웠던 춘하 누나

고등학교 2학년 재학생으로 숙식 가정교사로 생활할 때 춘하 누나라고 부르던 제주도가 교향인 처녀가 집안일을 도와주고 있었다. 사모님과 자매처럼 허물없이 생활하면서 집안일과 애들 뒷바라지하면서 내 일까지 꼼꼼히 간섭하고 가르쳐 주던 그때 누나 생각이 가끔 난다.

학교 수업이 끝나기 무섭게 경찰서장 관사로 달려간다. 초인종을 누르면 춘하 누나가 까랑까랑한 목소리로 "그래 빨리 들어와라. 배고프지 않니? 점심 도시락 먹었어? 그래도 이것 먹고 용욱이 방(房) 정리 좀 하고 용욱이 밖에서 놀다 들어오면 손발 좀 씻기고 공부 가르쳐라."라고 하면서 사모님이 계시지 않을 때는 하나부터 열까지를 시키고 간섭했지만, 누나처럼 다정하고 가끔 예쁜 백 원짜리 용돈도 한 장씩 주곤 했다.

그러던 어느 날, 선물로 들어온 큰 잉어를 물통에 담가 두면서 물을 채우라고 했는데 깜박 잊고 얼마 후 생각이 나서 나가 보니 잉어가 통 밖으로 튀어나와 부엌 시멘트 바닥에서 뒹굴고 있었다.

놀란 나는 빨리 잡아서 물통에 넣으려고 했으나, 워낙 크기도 했고 미끄러워서 잡을 수가 없어 잡았다 놓치고를 반복하다 보니 어찌 할 바를 모르고 허둥대고 있었다. 그때 누나가 들어와서 아무 말 없이 행주를 가지고 왔다. 바로 그 행주로 미끄럽게 퍼덕이고 날뛰던 잉어를 감싸 쉽게 잡아서 물통에 넣었다. 혼내 줄 줄 알았는데 빙그레 웃으며 "손으로 잡아지니?"라고 웃으며 부엌으로 들어가는 그때 모습을 지금껏 그 누구에게서도 볼 수 없었다.

그때 숙식 가정교사 생활에서 기름기 쫙 흐르는 쌀밥에 진수성찬에 삼시 세 끼 훌륭한 식사 생활이었다. 그러나 오히려 보리밥도 못 먹고 가끔 끼니를 건너뛰기도 했던 마음 편한 자취 생활을 생각나게 했다. 하지만 꾹 참고 적응해 한집 식구처럼 좋아졌던 생활이 5.16 혁명 직후 실시된 갑작스러운 서장님의 면직 해임으로 떠나시게 되었다. 고등학교 졸업하고 혹시 광주로 오면 그때 다시 보자는 아쉬움을 남기고 8개월여 가르치던 용욱이와의 헤어짐은 정말 아쉬었다.

돌이켜 생각해 보면, 그때 숙식 가정교사가 지금 흔한 아르바이트와 같지만 당시로서는 흔치 않은 일이었다. 고 3학년 학생으로 선생님의 추천을 받아 당시 시골 최고 VIP 경찰서장 자녀 가정교사를 맡아 생활하면서 부유한 집안의 생활 습관 및 식생활, 자녀들에 대한 가정교육 등 나는 많은 것을 보고 배웠고, 감사하게 생각하고, 항상 마음에 두고 생활했다.

이듬해 고등학교를 졸업하고 임관하여 장교 정복을 입고 찾아 뵈었더니 정말 반가이 맞아 주셨으나 내가 뵙고 싶던 춘하 누나가 보이지 않아 망설이다, "누나는?" 하고 물었더니 생활이 예전같지 않아 더 이상 같이 있을 수가 없어 제주도로 내려보냈다고 했다. 더는 물어보지 않고 섭섭한 마음으로 나서려는데, "형" 하고 큰소리로 달려와 안기는 용욱이의 대견스러운 모습을 보고 헤어진 후 다시는 만나지 못했지만, 나에게는 항상 좋은 인연으로 남아 자리 잡고 있다.

곱게 감춰진 노년의 모습

국가 보훈처 마음나눔 교육의 일환으로 2박 3일 횡성 청태산 숲 힐링 체험을 통해 자연 생태계나 인간 삶의 생존 경쟁 섭리는 같다는 것을 깨닫고 돌아왔다.

숲 체험 산행인데 반바지에 운동화, 등산화에 배낭, 여행 캐리어 가방, 어떤 목적에 뭐 하러 떠나는지 모습만 보고서는 가늠이 가지 않은 차림새로 관광버스에 오르자 바로 올림픽도로로 진입, 햇살에 비치는 푸른 한강이 예쁘고 자애로운 엄마 품처럼 느껴지며 흥을 돋아주는 듯 감미로웠다.

동행한 사람 모두가 국가 유공자들일 것이라는 것 외에는 현재의 신분을 전혀 알 수 없으니 혹 실수라도 할까 봐 말 붙이기도 어려웠다. 창밖만 바라보고 가는 사이에 참나무 숲이 하늘을 덮는 산길로 접어들어

창문을 여니 서늘하고 상큼한 공기 맛에 코가 확 뜨이는 느낌을 받았다.

청푸른 숲의 모습도 좋았지만, 산골짝 밭두렁에 덮인 까만 비닐 덮개에 구멍을 내고 심겨진 옥수수 모종이며, 생기 넘치는 상추, 하얀 꽃을 피운 정렬된 감자밭 모습이 정말 보기 좋았다.

인간이 만들어 멋들어지게 세운 빌딩으로 뒤덮여 어디를 봐도 위로받지 못 할 짜증스러운 환경에서 자연으로 돌아온 지금 이 시간, 이곳이 사람이 살아야 하는 곳이구나 하는 생각을 하면서 차에서 내렸다.

침대보다 따끈한 방바닥 잠자리가 좋았다. 단잠에서 깨어나 산책길에 나섰다. 이렇게 좋을 수가~! 가볍고 쾌활한 발걸음에 맞춰 우는 산새 소리, 힐끔 돌아보고 쏜살같이 사라진 산 다람쥐, 졸졸 흐르는 계곡 물소리가 수련회 온 여중생들의 깔깔대는 명랑한 웃음소리에 묻혀 버리지만, 해맑은 그들의 모습이 욕심난다. 우리는 생각지도 못했고 할 수 있는 여건도 만들어지지 못한 불우한 시대를 살아왔으나 우리 자녀들만이라도 이렇게 복 받았으니 이 얼마나 좋을시고.

아침 식단은 다채로웠다. 나이 많은 우리는 산채 나물 김치 깍두기 차림새 식단에 줄 서 있는 모습이 풀이 없고 생기도 없고 측은해 보이기만 했으나, 우유에 빵, 샌드위치 차림 식단에 줄 서 있는 학생들은 생기가 모락모락 식당 안을 밝게 만들어 준 느낌을 갖게 했다.

숲 체험이 시작됐다. 각양각색의 수풀 속에서 특이한 풀을 골라 만지고 냄새도 맡게 하고, 하늘을 덮은 울창한 나무들의 원산지와 그들의 생존 의지의 특성 특히 우리 토종 소나무는 햇빛을 차단하면서 자란 참나무 주변에서는 생존하지 못하고 아무리 좋은 수종을 가져와 정성들여 보살펴도 토질이 맞지 않으면 고사한다는 등의 숲속 생태계 설명이 너무 좋았다.

자연이나 인간이나 적절한 환경 속에서 보이지 않는 치열한 생존 경쟁에서 이겨 내야만 생존할 수 있다는 섭리를, 순수하게 보이는 자연 속에서도 있다는 것을 새롭게 배웠고 깨달았다.

숲 체험 마지막 오전 교육이 시작됐다. 함께 온 동료끼리 어제 찍은 사진을 나누어 주면서 추억이 담긴 예쁜 액자를 제작해 보라고 하면서 각종 장식품을 탁자 위에 올려놓았다. 학창 시절로 돌아가 좋은 사진 액자를 만들어 보려고 옆 사람이 만든 것을 훔쳐보면서 만들었으나 내가 봐도 칭찬받기는 어려운 작품이 만들어져 버렸다.

작품 만들기를 끝으로 짐을 챙겨 나오는 길에, 평소 권사님 권사님 하고 깍듯이 모시고 다니는 분에게 "친구야?"라고 물었더니 유공자 분이라 모시고 왔단다. 6.25 전쟁 초기에 여군에 지원 입대해 국가를 위해 싸운 전우이며, 전역 후 KBS 공채 1기 성우로 입사, 지금까지 활동하고 있는 유명한 성우 고은정 씨란다.

나는 옆으로 살며시 다가가 "존경합니다."라고 말을 건네자 "88세 이

노인에게 무슨 존경, 아무튼 고마워"라면서 웃는 모습에서 나는 묘한 감정이 들었다. 이분이 젊고 활기찰 때라면 매달려 사인도 받고 싶고 말도 걸어보고 싶은 그런 사람일진대, 며칠을 옆에 함께 지냈지만 비 맞은 장닭 보듯 아무도 알아보지 못한 것을 보고, 나라는 존재를 알아볼 수 있을 때가 인간 속에 함께 살아 있음이라고! 버스에 오르기 직전 내 전화번호를 손에 쥐여 주면서 불편하지 않으시면 전화번호 부탁한다고 인사하고 돌아서려 하자 "내 전화 알려줄게"라고 하는데 목소리가 당차고 힘이 실려 있었다.

자연의 포근함을 체험하는 동안 숲과 풀 등의 돋아남과 지는 과정이 인생의 시작과 마지막을 짐작, 대비해 볼 수 있는 기회를 가지게 됐다. 인생의 시작과 진행은 화려하지만, 끝은 누구에게도 관심 없는 혼자인 삶을 살다 가야 한다는 서글픔을 안고 돌아오면서, 국가에 충성하고 지금은 볼품없이 살고 있는 보훈 가족 분들에게 즐거움을 줄 수 있는 기회를 마련해 준 보훈처의 배려에 깊은 감사를 보낸다.

강원도 횡성 천태산 휴양림

6부

마무리

오늘의 나를 있게 한 고마운 집사람

초급 장교 시절 당시에는 지금처럼 외식할 만한 식당이 흔치 못해 집으로 초대하는 것이 손님 대접이었다. 장기간 작전을 마치고 돌아오던 날 선배님이 자기 집으로 저녁 식사 초대를 했다.

처음 있는 일이라 망설이다 정해 준 시간에 찾아갔다. 반가이 맞이해 주신 사모님이 퍽 정겨운 인상이었고 상차림에 분주한 모습이었다. 예쁜 앞치마를 입고 옆에서 도와준 이가 누구일까 신경이 쓰였다.

저녁을 먹고 과일을 내왔다. 요즘처럼 식탁이 아니고 바닥에 놓은 둥근 상이다. 커피 대신 집에서 만들었다는 생강차를 내와 다 같이 빙 둘러 앉았다. 그때 사모님 친구라고 소개했다. 오늘 모처럼 놀러 왔는데 손님 온다고 도와 달라고 붙잡아 두었다는 것이다. 부잣집 맏며느리처럼 복스럽게 생각되기도 했지만, 하얀 버선을 신은 버선코 발이 정말 예뻤다.

그 후 계속되는 작전으로 오랫동안 잊고 지냈다. 같은 부대에서 참모 직을 두루 경험하고 임시 대위로 진급과 동시에 서해안 경계 담당 중대장으로 명령이 났다. 중대장으로 부임하기 전날 본부 대장인 선배님께 인사차 찾아갔다.

마침 사모님께서 반갑게 맞아 주시면서 "그렇지 않아도 양 중위님 진급 축하도 드릴 겸 드릴 말씀이 있었는데...."라면서 전번에 보셨던 친구를 내게 소개해 주고 싶다고 했다. 나는 좋다고 하면서 바로 데리고 가고 싶다고 했다. 곧 연락 주겠다고 했다. 다음 날 나는 홍성에 위치한 부대로 떠났다.

서해안 경계 담당 중대장으로 중대 훈련이 시작되고, 훈련을 마치고 대천 지역에 접해 있는 해안 중대 인수를 마치고 나니 본부대장으로부터 전화가 왔다. 전번에 이야기했던 당사자는 좋다고 하는데, 부모님은 결혼식 날부터 잡으라고 했다는 것이다.

결혼할 준비도 되어 있지 않고 부대에서 결혼 휴가도 받지 못하니 그냥 오면 안 되겠느냐고 했더니 천부당만부당 도저히 불가능하다는 것이다. 포기할 수 없어 대대장에게 하루만 외출을 건의해서 외출 허가를 받으면 되겠다는 생각으로 식만 올리자고 통보했다. 요즘처럼 통신 수단이 없어 부대 전화로 간단히 요건만 주고받아야 했다.

결혼하기로 하고 날짜는 음력 3월 3일(삼짇날-제비 오는 날)로 정했다. 예식은 충남 계룡산 갑사에서 가족만 참석한 가운데 스님 주례로 혼례식을 치르고, 신혼여행 같은 것은 생각지도 못하고 부대 주변 구룡리에 마련한 단칸방에서 신혼 생활을 시작했다.

그러던 중, 주 1회 분 소초 중대원 현지 조달 부식비를 지급해 주고 온 인사계가 봉투 하나를 주면서 쓰시라고 했다. 무슨 돈이냐고 묻자 지급해 주고 남는 여유 있는 돈이라고 해서 무심코 받아서 며칠간 가지고 있다가 웅천 면장 만나러 가는 길에 집에 들러 집사람에게 건네주었다.

첫 봉급을 갖다주고 며칠 되지 않은 날 돈 봉투를 받아든 집사람이 출처를 물었다. 인사계가 부식비 나누어 주고 남은 돈이라고 주어서 가져왔다고 했다. 그러자 정색을 하면서 즉시 돌려주라고 한다. "기준에 따라 지급되어야 할 돈을 나누어 주고 남는다는 것은 이해할 수 없으니, 반드시 남은 이유를 따져 정확히 처리해야 한다."라고 하면서 받지 않고 돌려주었다.

부대에 들어와 인사계를 불러 연유를 물었다. 현지 물건이 싸고 생선류는 어항에서 많이 갖다주어 부식비가 많이 남기 때문에 좀 덜 주어도 충분하다고 했다. 집사람이 돌려주라고 하면서, '내 돈이 아니면 다 양잿물이라'고 한 말을 생각하면서 분·소초에서 어떻게 쓰든 관여하지 말고 추가 지급 후 분·소초장에게 전액 지급하고 확인서를 받아 오라고 했다. 몹시 불쾌하고 불만스러운 표정이었지만, 나보다 나이 많은 인사계 이주열 상사는 일주일 후 분·소초장 확인서를 받아왔다. 현지 부식비 첫 지급 때 이 일로 주 일회 지급되는 부식비는 착오 없이 항상 전액 지불되어 왔었다.

앞에서 언급된 수류탄 휴대 탈영자 발생 시 탈영 사고 원인이 부식비 지급 불만에서 발생된 것으로 보고, 부식비 지급 및 관리에 관하여 중점적인 조사가 시작되었다. 집사람 덕분에 전액 지불하고 분·소초장 확인서까지 받아 두었으니 일일이 분·소초장을 불러 조사하고 급식 상태를 분초원들에게도 확인하였다. 조사를 마친 조사관들은 어느 부대에서도 찾아볼 수 없는 관리 상태라고 칭찬했다.

만일 부식비 관리에 허점이 있었다면 이번 사고와 관련지어 처벌을 면치 못했을 것이고 불명예 전역으로 끝날 수도 있었던 큰 사고였다, 그때 그 일이 생각날 때면, 집사람의 조언과 빈틈없이 관리해 준 이주얼 인사계에게 지금도 감사한 마음을 잊을 수가 없다.

이뿐만 아니라 DMZ 지휘관 재임 시 월북사고 발생으로 당연히 보직해임 대상자였으나 근 2년여 동안 전방 근무자 대상 관사촌에서 가족들을 보살피고 산부인과 병원이 없는 시골에서 산파역을 담당 가족을 돌보는 등 전방 근무자들이 마음 편히 근무할 수 있는 환경을 만들어 준 모병 가족이었기에, 월북 사고 때문에 대대장을 보직 해임시킬 수 없다고 한 사단장님의 특별 배려로 월북사고 발생 이래 처벌받지 않은 첫 사려가 되기도 했다.

또한 집사람은 항상 웃는 얼굴로 아이들을 키우고 몸 약한 나를 뒷바라지했다. 나는 월남에서 귀국한 후 신경 무기력증이란 특이한 소화불량 진단을 받고 식사 후 소화제를 꼭 먹어야 하는 처지가 되어 당시 미군 부대에서 보급된 '암포재' 미국 소화제를 안고 살았다. 군의관은 관심을 갖고 의무실에 지시해 나에게 특별히 주도록 조치해 주었다.

그러나 근본적으로 위 무력증 치료를 해야겠다는 생각에 당시 유명하다는 종로5가 한의원을 찾았다. 진맥을 한 의사는 위 무력 증세로 소화 능력이 없으니 위를 특특하게 하기 위해서는 소고기를 매일 먹어야 한다는 것이다. 그러나 당시 소고깃값은 금값으로 봉급으로는 사 먹기 어려운 형편이었다. 그러나 집사람은 다른 일은 못 해도 소고기를 사 와 불고기로 해서 나만 주었다.

부엌에서 불고기 요리를 하는 것을 본 애들이 달라고 했다. 그러자 집사람이 아빠 약이라고 말하며 주지 못했던 가슴 아픈 이야기를 소고기를 마음 놓고 먹을 수 있을 때 웃으면서 이야기하자 고마워하고 두 손 꼭 잡아주었던 날이 엊그제 같은데....

그런 정성 덕으로 위 무력 증세는 호전되었던 것 같다.

그러나 몸이 약한 나를 항상 걱정하고 입이 짧은 나의 입맛에 맞게 음식 준비에 많은 신경을 쓰고 또한 내 급한 성미를 맞추어가며 내 뜻을 한 번도 거스르지 않고 따라 주었다. 그리고 23차례 이삿짐을 싸면서도 "또 새 동네 친구를 사귀어야겠네"라고 말하며, 힘들어도 즐거운 표정으로 대신했다. 정말 고맙고 예쁜 마음을 가진 집사람과 함께 할 수 있음을 복으로 알고 살아왔다.

"오늘의 내가 명예로운 전역으로 연금 받고 노후를 걱정하지 않고 지낼 수 있는 것은 남의 돈은 비상이고 양잿물이다."라는 직언으로 지휘관과 PX 관리 장교 시절, 마음만 먹으면 얼마든지 한몫 할 수 있었지만, 항상 집사람의 충언을 받아들여 돈에 눈독들이지 않은 대가로 처벌 받지 않은 덕이다. 그뿐만 아니라, 국군 창설 이래 DMZ 지역 월북 사고 발생은 즉시 지휘관 처벌이 상례였다.

그러나 처벌 받지 않았던 것은 2년여 근무한 동안 별다른 큰 사고가 없었기 때문이기도 하지만, 앞에서 언급했던 대로 전방 투입 가족들을 헌신적으로 돌본 집사람의 공덕을 인정한 사단장님의 특별한 배려로 처벌 받지 않았던 것이다.

아무리 힘들고 어려워도 내색 않고 늘 묵묵히 자리를 지켜 준 사람이었다. 그 덕에 신경성 위 무력증을 안고 사는 나에게 무언의 명약을 제공해 준 것으로 건강을 유지하고 팔순을 넘겨 구순을 바라보며 살고 있다. 그 고마움을 어찌 잊으랴.

우리가 언제 먼 구천九泉으로 갈지 모르지만, 이 세상을 떠나는 날 함께 손잡고 같이 가기를 두 손 모아 기원한다.

충남 계룡산 갑사

끝맺음

어린 시절 친구들 도시락을 얻어먹고 새벽 양조장 배수로로 흘러나온 술지게미를 받아와 죽처럼 끓여 먹고 살기도 했다. 배우기 위해 신문 배달, 숙식 가정교사 아르바이트생 등으로 성장했다. 모진 사회를 걸어오면서 나름대로 성공하여 공사公私 간 자리를 거치는 동안 쉽게 거머쥘 수 있는 돈의 유혹誘惑도 많았지만 이를 외면하고 살아왔다.

더욱이 나는 내 개인의 이익과 돈보다는 함께한 주변인의 명예를 함께 생각하며 처신하였다. 안전이 요구되는 모든 일에 처할 때면 이모저모 주변 여건을 살피고 따졌다. 문제가 될 수 있다고 생각되는 모서리는 제거하고 사고를 예방하는 등의 처신으로 큰돈과 명예는 갖지 못했다.

이러한 나의 처신은 군軍에서는 전예前豫에 비추어 도저히 용서받지 못할 만큼 크나큰 사고 때마다 면책의 은혜를 받아 명예로운 퇴역을 할 수 있었다.

사회에 나와 여러 직장을 거치는 동안 민주노총 소속으로 강경한 노조 활동을 하고 있는 택시 회사에 부장으로 입사, 전무로까지 승진 21년여를 근무했다. 재직 시 회사를 불태울 듯한 행동이 거친 노조원들 속에서도 평소 그들과의 좋은 인간관계 유지 덕에 행동이 불같으면서도 단순한 그들의 성미(性味)를 누그러뜨리는 등 조금이나마 회사를 위해 보탬이 되었고 무난히 사태를 수습할 수 있었다.

이를 보면, 오직 인간관계는 항상 내가 손해 보는 한이 있더라도 상대에게 이익은 주지 못해도 손해나 서운함을 주지 말아야 한다는 게 나의 신념이었다. 이러한 나의 신념이 나에게 복으로 되돌아와 노후에 행복한 생활을 영위하고 있다는 것을 알려주고 싶다.

또한 군 생활을 돌이켜 보면 우리 세대 때 대부분 어려운 보릿고개 시절이었다. 그 시절 보릿고개를 함께 겪으면서도 국가의 부름에 주저 없이 달려와 그들은 용기와 충성을 바쳤다. 이 선배님들뿐만 아니라 뒤를 이어 함께 한 전우들께 참으로 진심 어린 경의를 표한다.

끝으로 내가 살아오는 동안 나 자신의 일에 철두철미하다 보니 또 급한 성미(性味) 탓에 내 주변 많은 사람에게 알게 모르게 마음에 상처를 입힌 경우도 적지 않을 것이라고 생각하니 마음이 무겁다. 널리 미안한 마음을 전하고 싶다.

아울러 새로운 희망을 가진 젊은이들, 그리고 은퇴를 앞둔 모든 이들과 시련에 빠진 오늘날 많은 사람에게 내가 살아온 모진 이야기들 중 작게나마 일부분이라도 도움이 되어 주었으면 하는 바람에서 미숙한 표현으로 적어 보았다.

바쁘다는 핑계로 알뜰하게 보살펴 주지 못했던 우리 가족들에게 미안함과 화목한 가정을 이루어 주고 있는 며느리, 인정 많고 다정한 사위에게 고마움을 전한다.

집사람 팔순 기념